E. Anderson Imbert - E. Galeano
J. J. Arreola - H. Solves - F. Sorrentino
A. Monterroso - R. Bradbury - W. Saroyan

CUENTOS CLASIFICADOS 0

Cantaro
EDITORES

Colección del
MiRADOR

Dirección de colección: Silvina Marsimian de Agosti
Edición: Teresita Valdettaro

Los contenidos de las secciones que integran esta obra
han sido elaborados por:
Lic. Ruth Kaufman

Traducciones de Horacio Guido

Imagen de tapa: Terry Vine
Diseño interior: María José de Tellería
Diagramación: Carla Vidal
Corrección: Cecilia Biagioli y Silvia Tombesi

Se ha renovado la gráfica de esta edición, pero el libro no ha
sufrido modificación alguna en su contenido.

I.S.B.N. N.° 950-753-078-9
© **Puerto de Palos** S.A. 1998
Honorio Pueyrredón 571 (1405). Tel. 4902-1093
Ciudad de Buenos Aires. Argentina

Este libro se terminó de imprimir en el mes de enero de 2004 en
Impresiones SUD AMÉRICA, Andrés Ferreyra 3769. Bs. As. Argentina

Hecho el depósito que marca la Ley 11.723.
Impreso en Argentina-Printed in Argentina.

Colección del
MiRADOR

Colección Del Mirador
Literatura para una nueva escuela

Estimular la lectura literaria, en nuestros días, implica presentar una adecuada selección de obras y estrategias lectoras que nos permitan abrir los cerrojos con que, muchas veces, guardamos nuestra capacidad de aprender.

Lo original de nuestra propuesta, no dudamos en asegurarlo, es, precisamente, la arquitectura didáctica que se ha levantado alrededor de textos literarios de hoy y de siempre, vinculados a nuestros alumnos y sus vidas. Nuestro objetivo es lograr que "funcione" la literatura en el aula. Seguramente, en algún caso lo habremos alcanzado mejor que en otro, pero en todos nos hemos esforzado por conseguirlo.

Cada volumen de la **Colección Del Mirador** es producido en función de facilitar el abordaje de una obra o un aspecto de lo literario desde distintas perspectivas.

La sección **Puertas de acceso** busca ofrecer estudios preliminares que sean atractivos para los alumnos, con el fin de que estos sean conducidos significativamente al acopio de la información contextual necesaria para iniciar, con comodidad, la lectura.

La obra muestra una versión cuidada del texto y notas a pie de página que facilitan su comprensión.

Leer, saber leer y enseñar a saber leer son expresiones que guiaron nuestras reflexiones y nos acercaron a los resultados presentes en la sección **Manos a la obra**. En ella intentamos cumplir con las expectativas temáticas, discursivas, lingüísticas y estilísticas del proceso lector de cada uno, apuntando a la archilectura y a los elementos de diferenciación de los receptores. Hemos agregado actividades de literatura comparada, de literatura relacionada con otras artes y con otros discursos, junto con trabajos de taller de escritura, pensando que las propuestas deben consistir siempre en un "tirar del hilo", como un estímulo para la tarea.

En el **Cuarto de herramientas** proponemos otro tipo de información, más vivencial o emotiva, sobre el autor y su entorno. Para ello incluimos material gráfico y documental, y diversos tipos de texto, con una bibliografía comentada para el alumno.

La presente **Colección** intenta tener una mirada distinta sobre qué ofrecerles a los jóvenes de hoy. Su marco de referencia está en las nuevas orientaciones que señala la reforma educativa en práctica. Su punto de partida y de llegada consiste en incrementar las competencias lingüística y comunicativa de los chicos y, en lo posible, inculcarles amor por la literatura y por sus creadores, sin barreras de ningún tipo.

Puertas de acceso

EL CUENTO TRADICIONAL

El alba del mundo

No conocemos con exactitud dónde y cómo nacieron los primeros cuentos. Sin embargo, sabemos que son muy antiguos, quizás casi tan antiguos como los primeros balbuceos del hombre, como sus primeras conversaciones. Posiblemente, sean contemporáneos del descubrimiento del fuego, que dio origen a la ronda alrededor del calor durante las heladas noches de la prehistoria. Allí los hombres intentaron, por primera vez, captar la atención de otros contándoles una historia.

Ahora, imaginemos otra ronda. Un grupo de chicos de la ciudad ha ido de campamento. Por la noche hacen un fogón. Uno de ellos cuenta una historia, algo que le pasó esa mañana. Los demás lo escuchan, clavan los ojos en él y siguen su relato. ¡Cómo siente el que narra el peso de las miradas, el espesor de ese silencio! ¡Con qué cuidado elige las palabras, los tonos de voz para que todos sigan prestándole atención! ¿Qué contará? ¿Qué habrá en su historia que merezca la atención de los demás?

Todos fuimos alguna vez ese chico. En la vida, todos somos a veces oyentes, a veces, narradores. Por eso sabemos lo que significa "prestar atención". La atención se da a cambio de algo y por un rato. El que cuenta lo sabe: en cualquier momento, los oyentes pueden distraerse, no escuchar más, levantarse, ponerse a hablar. Si se trata de una narración escrita, el lector puede cerrar el libro y dedicarse a hacer otra cosa. ¡Ay del narrador! Cuando los oyentes (o los lectores) lo dejan con la palabra en la boca, lo "matan". "Ese ya no cuenta más el cuento", se dice de alguien que ha muerto, y la expresión es adecuada para el narrador que ha dejado de cautivar a su auditorio. ¡Y cuántas cosas hace uno con tal de no morir! ¡A qué trucos, a qué artimañas es capaz de recurrir! Trucos tan viejos como el mundo, porque viejo como el mundo es el arte de contar. A esos trucos se los llama *estrategias narrativas*.

Estrategia es una palabra tomada del vocabulario de la guerra. La situación de narrar-escuchar es imaginada como una batalla, y los trucos del narrador como si fueran los planes de un general –sus estrategias– para lograr la victoria.

Un cuento cada noche

Scherezada es el nombre de una narradora ejemplar. Las delicadas estrategias de su arte de contar le sirvieron para no morir a manos del rey de Bagdad. Durante mil y una noches lo entretuvo con sus relatos.

¿Y por qué Scherezada necesitó narrar para entretenerlo? Un día, el rey había descubierto que su esposa lo engañaba con otro hombre. A partir de esa experiencia, decidió que todas las mujeres eran infieles. Por eso se hacía llevar una mujer por la tarde, pasaba la noche con ella y al amanecer la mataba. De ese modo, se aseguraba de que no lo engañaría. Pero ya no quedaban jóvenes en el reino, sólo la hija del primer ministro, la hermosa Scherezada. Su padre mismo la llevó al palacio, llorando desconsoladamente. Scherezada, en cambio, no sentía temor: sabía que tenía un tesoro tan valioso, que le serviría para conservar su vida, para postergar su muerte. Su tesoro era el arte de contar cuentos. Mientras el rey le prestara atención, su vida estaría a salvo. Por eso Scherezada dejaba sus cuentos inconclusos al amanecer. Y el rey no la mataba: ¿hay algo más desagradable que quedarse con un cuento por la mitad? "Cuando termine el cuento, la mato", pensaría el rey. A la noche siguiente, Scherezada retomaba la historia. Si esta llegaba a su fin, inmediatamente comenzaba otra, que también dejaba inconclusa al llegar el alba. Y así una noche y otra y otra, hasta llegar a mil una que, para los árabes, es como decir "muchísimas, infinitas noches". Llegó una mañana en la que el rey ya no pensó más en matar a Scherezada: estaba completamente enamorado;

se había curado, dicen algunos, de su odio a las mujeres. Porque también para eso, aseguran los que saben, sirven los cuentos: para sacarle el odio a un rey, para quitarnos las ganas de matar o de morir, para hacernos comprender sentimientos e ideas diferentes, para darnos consejos, para entretenernos.

La historia que acaban de leer no ocurrió en la vida real: es un cuento. Es el primero del libro *Las mil y una noches*, colección de cuentos tradicionales árabes, escrito entre los años 800 y 1500 de nuestra era.

Scherezada es un personaje que interviene en la primera historia y luego es la narradora-personaje de todas las demás.

El de los muchos nombres

Los primeros cuentos del mundo se reúnen con el nombre de *cuentos tradicionales*. Pero no siempre recibieron esa denominación. En español, por ejemplo, a lo largo de la historia de la literatura, se los llamó: *ejemplo, castigo, fábula, proverbio, hazaña, conseja, apólogo, balada, leyenda*. El escritor e investigador Enrique Anderson Imbert propone una definición muy amplia del cuento tradicional, que permite abarcar todos los tipos.

> *De una tradición transmitida de boca en boca emergió lo que, arbitrariamente, estoy llamando "cuento": o sea, breves unidades de acción contadas por un narrador*[1].

Antiguo compañero

Los cuentos más antiguos fueron creados, hace aproximadamente seis mil años, por hombres y mujeres cuyos nombres se han perdido. Jorge Rivera, estudioso argentino del folclore y la cultura popular, describe:

---

[1] Anderson Imbert, Enrique. *Los primeros cuentos del mundo*. Buenos Aires, Marymar, 1977.

> *Los cuentos acompañan al hombre desde las épocas fundacio-*
> *nales del arco, la cerámica y el hacha de piedra. Puede decirse*
> *que van a su lado con una solidaridad de viejo perro que ha*
> *resuelto compartir sus tareas, sus horas de descanso y sus largas*
> *migraciones a través de ríos, cordilleras y desiertos*[2].

Los investigadores no han podido determinar con exactitud ni el lugar ni la época en que germinaron las primeras historias que todavía se cuentan. Marcan una zona vasta, que abarca el Mediterráneo oriental, Asia Menor, Egipto, el norte del Cáucaso, Europa y la cuenca del río Indo. Allí, entre los años 4000 y 1000 a. C., florecieron distintas civilizaciones que se supone fueron las creadoras de los cuentos más antiguos del mundo.

El bosque de los relatos

Una de las cosas que más les llama la atención a quienes estudian el cuento tradicional es el inmenso parecido que existe entre relatos de distintas épocas y de culturas muy diversas. A primera vista, nos parece un bosque inmenso formado por infinidad de árboles diferentes; pero no bien nos adentramos en él, comenzamos a notar similitudes, repeticiones.

Si tomamos un cuento conocido por todos, como "Hansel y Gretel", podemos reconocer el tema de la madrastra cruel y el de los hijos pequeños abandonados en el bosque.

Estos temas se repiten en otros cuentos. Por ejemplo, en "Cenicienta" y en "Blancanieves" hay una madrastra cruel; mientras en "Pulgarcito" aparecen los hijos pequeños abandonados en el bosque.

A estas repeticiones se las llamó *motivos*. Un motivo constituye, junto con otros motivos, la trama, el argumento de un cuento tradicional.

---

[2] Rivera, Jorge B. Nota preliminar en *El cuento popular*. Buenos Aires, Centro Editor de América Latina, 1977.

¿Por qué existe este asombroso parecido entre los cuentos? ¿Cómo explicar estas relaciones que nacieron en épocas y lugares alejados entre sí?

Los investigadores han dado dos explicaciones a este hecho. Para algunos, todos los cuentos del mundo tienen un origen común, y en un prolongado proceso, fueron difundiéndose y transformándose a lo largo del mundo. Otros señalan un origen múltiple: los cuentos nacieron independientemente unos de otros, en distintos lugares y en épocas diversas. El parecido que existe entre ellos se debe, para esta última teoría, a que los hombres, a pesar de sus diferencias, se han preocupado por los mismos problemas.

Antes de que el mundo se enfriara

Algunos investigadores consideran que existe un tipo de relato, *el mito*, del que se desprenden todos los demás. Esta teoría no ha podido demostrarse; sin embargo, es indiscutible la importancia de los mitos. Podemos considerarlos como las primeras respuestas de la imaginación humana a las preguntas más esenciales: ¿Quién creó el universo? ¿Por qué existen el día y la noche, el bien y el mal, el hombre y la mujer? ¿Qué es el amor? ¿Por qué existe la muerte?

Cada cultura, cada pueblo del planeta respondió con relatos a las mismas preguntas. Lo hicieron los aborígenes del Amazonas y de los Andes, los egipcios y los indios, los hebreos y los griegos, los chinos y los japoneses, los celtas y los finlandeses y muchos pueblos más.

El mito que resumiremos a continuación da una respuesta a la pregunta sobre los orígenes de la lluvia y las tormentas. Su protagonista es Tokjuaj, héroe mítico del mundo mataco, grupo aborigen que habita la región argentina del Gran Chaco. De él se cuentan muchas historias; una de ellas trata sobre su pelea con Lluvia.

En la época en que ocurre esta historia, el mundo siempre estaba completamente inundado, porque Lluvia, que era un hombre de agua, vivía en la Tierra. Cierta vez, Lluvia organizó una fiesta y en ella se peleó con Tokjuaj. Tokjuaj lo venció y comenzó a perseguirlo.

Lluvia huyó atemorizado por la Tierra hasta que, finalmente, saltó al Cielo. Y allí se quedó a vivir. Pero como sigue temiendo a Tokjuaj, anda de un lado a otro montado en su mula. Cuando el animal patea, en la Tierra oímos truenos. Los largos flecos del poncho que viste Lluvia son los chorros de agua cuando llueve; y los reflejos de su mirada terrible, que cada tanto asoma, son los relámpagos[3].

Los mitos no son cuentos como los que conocemos. El espacio y el tiempo en los que transcurren siempre corresponden a una época y a un mundo anterior y distinto del actual. El mundo mítico está en proceso de transformación, no se ha terminado de "enfriar". Por ejemplo, en este mito mataco se describe un mundo eternamente inundado, en el que todavía no se ha llegado a las condiciones en las que se encuentra la Tierra en la actualidad. Sus personajes nunca son seres humanos: son dioses, héroes que viven aventuras que transforman el orden del universo, que lo crean. La pelea de Tokjuaj con Lluvia permite que el mundo pueda secarse, que la lluvia deje de estar en la Tierra, viva en el Cielo y se convierta en algo que acontece cada tanto. Tal como ocurre en el mundo de hoy.

Perduración del cuento tradicional

La mayoría de los cuentos antiguos no nacieron en el papel escrito. Sin embargo, hubo un momento en que estos relatos orales fueron fijados por la escritura. Algunos, en tablillas de arcilla; otros, en papiros.

Las colecciones de cuentos más antiguas pertenecen al Oriente. Entre las primeras está el *Pantchatantra* de la India. La fecha de su composición es tan incierta que se sitúa entre los siglos IV a. C. y IV d. C.

Mucho tiempo después, a partir del siglo XII, en Europa aparecieron diversas colecciones de cuentos. A diferencia de las más antiguas, estas fueron elaboradas por un escritor que firmaba su obra. El escritor trabajaba con los cuentos populares, pero los reescribía; y en la

---

[3] Palermo, Miguel Ángel. *Cuentos que cuentan los matacos.* Buenos Aires, Centro Editor de América Latina, 1993.

organización de todo el libro se notaba su estilo personal. El *Deca-merón* de Giovanni Boccaccio (1313-1375), en Italia, y *El Conde Lu-canor* del Infante Don Juan Manuel (1282-1349), en España, son dos ejemplos notables de este tipo de textos.

El contador de cuentos

Si bien los cuentos populares habían sido recogidos en textos escri-tos, se continuaron difundiendo oralmente, gracias a los narradores que los mantenían vivos en la memoria del pueblo.

¿Por qué la tradición oral se impuso a la escrita en la transmisión de los cuentos populares? Primero, porque durante muchísimos años la ma-yoría de las personas no sabían leer ni escribir. Segundo, porque hasta el momento en que se creó la imprenta y su uso se generalizó, muy pocas personas podían conseguir un libro. Los libros se escribían a mano y lue-go se hacían copias también manuscritas. Sólo se podían encontrar li-bros en los monasterios y en las bibliotecas privadas de algunos nobles o reyes. En la Edad Media, el libro era algo raro y caro: podía costar lo mismo que una casa. Recién cuando la escuela se volvió masiva y popu-lar, los libros y la lectura comenzaron a estar al alcance de la gente.

En las noches de frío, junto al fuego; durante las tardes mientras las mujeres hilaban la lana, tejían en los telares o mientras desgranaban maíz; en las reuniones de familia, por las noches cuando los niños se iban a dormir; en el mercado, en los velorios, durante las paradas de los arreos de ganado, se contaban cuentos. El contador de cuentos era una persona apreciada por su comunidad. Conocía muchas historias de memoria, sabía contarlas utilizando diversos tonos de voz, jugando con las manos y haciendo algunos gestos con la cara y el cuerpo. No recurría a la ayuda de un libro, ni mostraba ilustraciones o dibujos. En muchísimos casos, no sabía leer; las historias que contaba las había oído, en un fogón, en su casa, en su trabajo. El narrador de cuentos tenía una memoria excepcional: recordaba con todos sus detalles, mu-chas veces con las mismas palabras, historias largas y complicadas.

EL CUENTO MODERNO

Del cuento tradicional al cuento moderno

Durante muchos años, la literatura occidental le dio más importancia a la novela, a la poesía y al teatro. El cuento no interesaba demasiado. Existía, sí, intercalado en las novelas, en los ensayos, en escritos periodísticos. Pero, además, estaba vivo en la memoria del pueblo.

En el siglo XVIII, los escritores europeos volvieron a interesarse por el cuento. Este acercamiento se debió a diferentes factores; como, por ejemplo, la traducción al francés de *Las mil y una noches*, el interés de estudiosos y escritores por las raíces folclóricas de los cuentos populares. Estos recorrieron sus países escuchando las historias de los contadores de cuentos en los pueblos y, después, las pusieron por escrito. Los hermanos Grimm, en Alemania; Charles Perrault, en Francia; Aleksandr Afanasiev, en Rusia presentaron sus versiones de los cuentos populares. Todavía hoy se leen y conocen en el mundo entero: "Caperucita Roja", "Cenicienta", "La Bella Durmiente del bosque", "El sastrecillo valiente" y muchos otros. Gracias a esto, otros escritores redescubrieron y revalorizaron el cuento.

En el siglo XIX, surgieron los primeros escritores modernos de cuentos: E. T. A. Hoffmann, Washington Irving, Nathaniel Hawthorne, entre otros. Ya no reescribían un relato popular a su manera. Les daban forma a sus propias invenciones y argumentos, tratando de crear historias, situaciones y personajes originales.

Poe y su teoría del cuento

Luego surgieron otros escritores que, además de escribir sus cuentos, intentaron definir qué estaban haciendo cuando los escribían. Entre ellos, sobresalen dos, que fueron tomados como maestros. Uno es el norteamericano Edgar Allan Poe (1809-1849); el otro, el ruso Antón Chéjov (1860-1904).

Edgar Allan Poe escribió relatos fantásticos y cuentos policiales que son considerados por muchos piezas perfectas. También trató de fijar los límites de qué era y qué no era un cuento. Sus explicaciones sirven para diferenciar un cuento de una novela, para comprender de qué forma se construye la historia que se cuenta en un cuento. Durante muchos años, estas ideas fueron seguidas al pie de la letra.

"¿Cuán largo debe ser un cuento corto?", se pregunta Poe. "Tan largo como para que pueda leerse de un tirón", se contesta, "sin interrupciones". El lector de cuentos debe sentirse como un preso en una celda. Sólo podrá salir (levantarse de su asiento, dejar el libro) cuando el escritor ponga el punto final al relato.

La novela, en cambio, como es mucho más larga, no puede leerse de una sola vez. Por más entretenido que esté el lector de novelas, debe interrumpir su lectura para hacer otras cosas (comer, bañarse, trabajar). Por eso nunca está completamente atado a la historia.

Para tener al lector "atado" no alcanza con que el cuento sea breve. También debe ser atrapante. Y además, impactante. Porque, según Poe, al cerrar el libro, el lector debe quedarse con un recuerdo único y singular.

Por eso, todas las palabras que se escriben en un cuento son el resultado de un minucioso trabajo de composición. Cada frase, cada acción, cada personaje deben actuar en función de ese efecto único o, para decirlo de otro modo, en función del final de la historia. Antes de escribir se piensa, se calcula, se imagina la trama completa. Todo lo que se escribe confluye, así, hacia un mismo y determinado fin.

La teoría de Chéjov

Chéjov, en cambio, escribía de un modo completamente diferente. Sus cuentos no dan la impresión de un perfecto mecanismo de relojería, como los de Poe. Sus personajes no son extravagantes ni extraordinarios, son hombres y mujeres comunes y corrientes, y sus relatos captan un momento cualquiera de la vida, un instante pasajero, sin importancia.

Sin embargo, el lector experimenta una emoción intensa que lo mantiene unido al mundo del relato. Los de Chéjov son cuentos de clima, de atmósfera.

Dos caminos

En resumen, podemos señalar dos caminos en la composición de un cuento. Uno, a la manera de Poe, pone énfasis en la construcción de la trama y en la consecución de un efecto único. Este tipo de relatos suele tener un final sorpresivo e imprevisible. El otro, al modo de Chéjov, pone el acento en la creación de un clima, una atmósfera determinada. El cuento se "asemeja" más a la vida y no remata, necesariamente, de un modo sorprendente.

Poe y Chéjov marcaron con su sello la tarea del escritor de cuentos. Ambos escribieron en el siglo XIX. Desde entonces, los escritores exploraron nuevas formas. Algunos cuentos combinan características de uno y otro. Son tantas las combinaciones posibles como los cuentos que se pueden escribir.

❖

E. Anderson Imbert - E. Galeano
J. J. Arreola - H. Solves - F. Sorrentino
A. Monterroso - R. Bradbury - W. Saroyan

CUENTOS CLASIFICADOS 0

CUENTOS TRADICIONALES

◆

SOL *

La diosa del sol, Amaterasu, indignada por las malda-
des del dios de las tempestades, se encierra en una gruta:
"la rocosa cueva del cielo". Desde ese instante, cielo y tierra quedan sumidos en las tinieblas. Los ochocientos mil
dioses se reúnen en asamblea para encontrar el modo de
que la luz vuelva a salir. Hacen cantar a los gallos en la noche interminable y cuelgan un espejo frente a la puerta de
la cueva. La diosa Uzume danza al son de la música, simu-
la un éxtasis divino [...]. Tiembla el cielo con las carcajadas
de los dioses.

La diosa Amaterasu, sorprendida por tanta risa, curiosa,
celosa, entreabre la puerta de su cueva, se asoma y dice:

—¿Cómo es que están tan alegres? Después de mi retiro,
todo el mundo debería estar a oscuras.

Y la diosa Uzume le responde:

—Estamos alegres porque entre nosotros hay una diosa
que es más refulgente que tú.

---

* Versión de un antiguo mito japonés, escrita por Enrique Anderson Imbert. En *Los primeros cuentos del mundo*, op. cit.

Amaterasu, sin darse cuenta de que en el espejo se está viendo a sí misma, sale maravillada; con lo cual vuelven a iluminarse el cielo y la tierra.

❖

LA MUERTE*

El primero de los indios modoc[1], Kumokums, construyó una aldea a orillas del río. Aunque los osos tenían buen sitio para acurrucarse y dormir, los ciervos se quejaban de que hacía mucho frío y no había hierba abundante.

Kumokums alzó otra aldea lejos de allí y decidió pasar la mitad del año en cada una. Por eso partió el año en dos, seis lunas de verano y seis de invierno, y la luna que sobraba quedó destinada a las mudanzas.

De lo más feliz resultó la vida, alternada entre las dos aldeas, y se multiplicaron asombrosamente los nacimientos; pero los que morían se negaban a irse, y tan numerosa se hizo la población que ya no había manera de alimentarla.

Kumokums decidió, entonces, echar a los muertos. Él sabía que el jefe del país de los muertos era un gran hombre y que no maltrataba a nadie.

Poco después, murió la hijita de Kumokums. Murió y se fue del país de los modoc, tal como su padre había ordenado.

Desesperado, Kumokums consultó al puercoespín.

---

* Versión de un mito antiguo, escrita por Eduardo Galeano. En *Memoria del fuego I. Los nacimientos*. (Buenos Aires, Catálogos, 1997).

[1] Los indios *modoc* vivían en los Estados Unidos, en los actuales territorios de Oregón y California.

–Tú lo decidiste –opinó el puercoespín– y ahora debes sufrirlo como cualquiera.

Pero Kumokums viajó hacia el lejano país de los muertos y reclamó a su hija.

–Ahora tu hija es mi hija –dijo el gran esqueleto que mandaba allí–. Ella no tiene carne ni sangre. ¿Qué puede hacer ella en tu país?

–Yo la quiero como sea –dijo Kumokums.

Largo rato meditó el jefe del país de los muertos.

–Llévatela –admitió. Y advirtió–: Ella caminará detrás de ti. Al acercarse al país de los vivos, la carne volverá a cubrir sus huesos. Pero tú no podrás darte vuelta hasta que hayas llegado. ¿Me entiendes? Te doy esta oportunidad.

Kumokums emprendió la marcha. La hija caminaba a sus espaldas.

Cuatro veces le tocó la mano, cada vez más carnosa y cálida, y no miró hacia atrás. Pero cuando ya asomaban, en el horizonte, los verdes bosques, no aguantó las ganas y volvió la cabeza. Un puñado de huesos se derrumbó ante sus ojos.

❖

EL APRENDIZ DE BRUJO *

Páncrates es un mago de Menfis[1] que aprendió su magia viviendo veinticuatro años en el centro de la tierra. Invita a Éucrates a viajar juntos. Éucrates observa que cada vez que llegan a una posada el mago toma una maja de mortero[2], o una escofina[3], o una aldaba de la puerta[4], la envuelve en un paño, pronuncia unos versos misteriosos y he aquí que la cosa se transforma en hombre. Este hombre es un sirviente que cumple con todo lo que el mago le manda: aderaza la comida, pone la mesa, hace la cama y saca agua del pozo. Cuando ya no hay otra cosa que hacer, Páncrates pronuncia otros versos y el hombre vuelve a su primitivo estado de maja de mortero o de escofina o de aldaba de la puerta. Éucrates quiere averiguar la fórmula secreta para transformar una cosa en sirviente y se oculta para oír al mago en el momento de pronunciarla. Oye los versos que hacen al hombre, pero no alcanza a oír los versos que lo deshacen.

---

* Versión escrita por Enrique Anderson Imbert, a partir de un cuento griego de Luciano de Samosata. En *Los primeros cuentos del mundo*, op. cit.

[1] Menfis era una ciudad del antiguo Egipto.

[2] La *maja de mortero* es una maza metálica o de piedra, que sirve para machacar.

[3] La *escofina* es una lima, con dientes gruesos y triangulares, que se emplea para quitar asperezas.

[4] Se llama *aldaba* a una pieza de metal que se coloca en las puertas para llamar a ellas

Aprovechando la ausencia del mago, Éucrates toma la maja del mortero, la envuelve en el paño y pronuncia los primeros versos. ¡Qué maravilla! ¡Ahí está el sirviente!

—Trae agua del pozo.

Parte diligente el mozo y trae un cántaro lleno.

—Riega la casa.

Y el sirviente va por otro cántaro.

Éucrates teme que de un momento a otro vuelva el mago y se enoje por su intromisión, así que ordena al sirviente que no traiga más agua sino que se convierta otra vez en maja de mortero. El sirviente no obedece. Sigue trayendo agua e inunda la casa. Éucrates agarra un hacha y parte al sirviente en dos. Ahora son dos sirvientes que con sendos cántaros sacan doblada[5] agua. En eso entra Páncrates, se enoja, deshace a los diligentes sirvientes y se va para siempre dejando a Éucrates con la mitad de un secreto que nunca se atreverá a usar porque no sabe la otra mitad.

❖

---

[5] *Doblada* significa "el doble".

EL SOLDADO SONAJERA *

Había una vez, en la campaña, una familia rica que tenía cuatro hijos: tres varones y una niña. Un día, muy lejos de allí, se declaró una guerra. Pasó el ejército por el campo, llevándose a los hombres. Esta familia tuvo suerte, sólo el hijo mayor marchó al frente.

Durante los doce años que duró la guerra, el hijo nunca se comunicó con los padres. No se supo nada de él. Hasta que vino la mala suerte y falleció la madre. Pocos años después, el padre también moría. Entonces los hermanos se repartieron la herencia entre los tres, dando por muerto al hermano mayor.

Pero el hermano soldado no había muerto, y como era valiente y buen tirador, a los trece años le dieron la baja en el ejército. Enseguida volvió a sus pagos, vistiendo el uniforme y con un fusil al hombro. También llevaba un nombre nuevo: por su buen humor, sus compañeros lo habían apodado Soldado Sonajera.

---

* Versión escrita por Ruth Kaufman, de la historia narrada por Amador V. Olivera (San Luis, 1947), y recogida por Berta Vidal de Battini, en *Cuentos y leyendas populares de la Argentina*. (Buenos Aires, Ediciones Culturales Argentinas, 1983).

No bien llegó a su casa se encontró con los hermanos. Les reclamó su parte de la herencia, pero los hermanos no le quisieron dar nada. Y eso que eran ricos. Al verse despreciado, Sonajera no insistió y se marchó. Andaba muy pobre, con el fusil siempre al hombro y el uniforme hecho pedazos.

Había caminado muchos, muchos días sin poder encontrar trabajo cuando, al cruzar una quebrada, vio, al costado del camino, un monte bastante grande. Como estaba muy cansado, salió del camino, se metió en el montecito y se acostó a dormir la siesta a la sombra. Serían las cuatro de la tarde, cuando sintió que lo sacudían. Abrió los ojos y se encontró con un hombre muy bien vestido, de traje negro, impecable.

–¿Qué hacés por aquí, Sonajera? –le dijo el hombre.

–Acá estoy, durmiendo –contestó el soldado.

–Soy el diablo –dijo el hombre, presentándose–. Si me vendés tu alma, no andarás más con esas hilachas y muerto de hambre.

El soldado se quedó pensando un momento y contestó:

–No vendo mi alma, busco trabajo.

–Por acá no vas a encontrar ningún trabajo –insistió el diablo–. Están lejos los pueblos. Hagamos un trato y yo te compro el alma.

–¿Y cómo es el trato?

–Ahora yo te doy toda la plata que quieras por tu alma. Tenés tres años para disfrutarla; a los tres años vendré yo para llevarte.

Pero el soldado, que era muy vivo, le contestó:

–Si en los tres años yo muero, te quedarás con mi alma.

En cambio, si estoy vivo, yo me quedaré con mi alma y vos te quedarás con lo que me has dado.

–Bueno –dijo el diablo–. Vamos a ver si sabés disparar. Allá, por el monte, viene un oso: tirale a ver si lo matás.

El soldado levantó el arma, apuntó y le hizo un disparo tan certero que el oso cayó muerto.

Caminaron hasta donde estaba el animal.

–Sacale el cuero –ordenó el diablo.

En un momentito el soldado le sacó el cuero muy limpiamente.

–Veo que sos un hombre muy hábil y trabajador. Cerremos el trato. Dame tu fusil y tomá este saco. Tiene tres bolsillos: en uno hay monedas de oro; en el otro, de plata y en el tercero, de níquel. Vos sacá el dinero que necesités, que nunca se te va a acabar. Ahora, no tendrás más casa ni abrigo que esta piel de oso. No te podés cortar el pelo, ni las uñas, ni lavarte la cara –dijo el diablo y desapareció.

El soldado quedó solo en el medio del monte con una bolsa repleta de dinero en las manos.

Siguió su viaje. Después de haber caminado un día entero, encontró una casa. Se acercó y pidió de comer. Se quedó dos días descansando. Le ofrecieron cama pero él les dio las gracias porque, para dormir, tenía el cuero. Antes de irse, metió la mano en la bolsa y sacó un puñado de monedas de oro y otro de plata. Los dueños de la casa, que eran gente de campo muy pobre, no encontraban cómo agradecerle semejante obsequio.

Así pasó un tiempo, vagando de aquí para allá. Al principio, la gente lo recibía muy bien y todos se quedaban muy contentos con los regalos que les ofrecía. Pero, después del año, le había crecido el pelo, tenía las uñas largas y andaba muy pero muy sucio. Daba susto verlo y la gente le empezó a escapar. Entonces él se le acercaba y trataba de hablarle cariñosamente. Le explicaba que era un hombre bueno, que andaba así a causa de una promesa que había hecho en la guerra cuando, por culpa de una herida, había estado a punto de morir. Al fin la gente lo recibía y él, a todos, les regalaba montones de dinero. Al despedirse, les pedía que rezaran por él para que no se muriera en los tres años que duraba la promesa. Anduvo por tantas casas que, al tiempo, toda la campaña hacía promesas a los santos de su devoción, pidiendo por la vida del soldado Sonajera.

Fueron pasando los años... el primero, el segundo. Sonajera iba de pueblo en pueblo, de casa en casa. Cada día sufría más: casi toda la gente disparaba no bien él se aproximaba, tan fea era su facha.

Cierta vez, hubo un tremendo temporal. Sonajera se acercó hasta un hotel a pedir alojamiento. Cuando el dueño lo vio, le cerró la puerta en la cara. Pero él insistió, le habló mansamente, explicándole que andaba así por una promesa que había hecho. Finalmente, lo dejaron pasar. Le dieron de comer, pero, cuando quisieron hacerle la cama, Sonajera les dijo:

—No, con este cuero me basta.

Tendió su cuero en un rincón del cuarto y se quedó profundamente dormido. A eso de las cuatro de la mañana, se largó una fuerte lluvia, acompañada de rayos y centellas. Sonajera se sentó en el cuero y se puso a mirar cómo se descargaba el temporal. En eso sintió, entre la lluvia y el viento, unos lamentos y llantos. Miró hacia todas partes para ver quién estaba llorando de ese modo. Descubrió que los quejidos venían del cuarto de al lado. Se acercó a una rajadura que tenía la puerta y espió: sentado sobre la cama, un vecino del hotel, que era un gran estanciero, lloraba desconsoladamente. Sonajera golpeó la puerta. El hombre salió a abrirle pero, al verlo, se espantó.

–No me tenga miedo –dijo Sonajera–, soy un hombre bueno. Ando así por una promesa que he hecho. Quizás pueda ayudarlo.

–¿Ayudarme? ¿A mí? –preguntó el hombre desconfiando de la facha de su vecino.

–Sí –dijo el soldado–. Soy un hombre de buen corazón.

Entonces el estanciero le perdió el miedo y lo hizo pasar. Le acercó una silla y se pusieron a conversar.

–Cuénteme por qué está tan afligido –insistió el soldado.

–Me fue mal en los negocios y quedé con muchas deudas –dijo el hombre–. Para saldarlas, hipotequé mi casa. Pero no tengo con qué pagar y hoy mismo, no bien amanezca, vendrá el martillero a rematar todos mis campos, toda mi hacienda y me echarán de mi casa.

–No se aflija por eso –dijo el soldado con una sonrisa–. Dígame cuánto precisa.

El estanciero lo miró pensando que aquel infeliz le estaba tomando el pelo. Sonajera insistió:

–Dígame cuánto, que yo se lo puedo facilitar.

–Son muchos miles, amigo, lo que yo preciso –contestó el hombre–. Muchos.

–Está bien –dijo Sonajera–, eso a mí no me asusta.

Metió la mano en la bolsa y empezó a echar puñados de monedas sobre la mesa, formando un montón y le dijo:

–Cuente, amigo, cuente a ver si con esto le alcanza.

El estanciero lo miraba con unos ojos enormes, que no le cabían en el cuero, al ver que salvaba todos los bienes que le iban a rematar. Terminó de contar las monedas y abrazó a Sonajera.

–Mi buen amigo, yo no tengo con qué pagarle. Veo que es un hombre de gran corazón. Con esto me sobra para saldar mis deudas. Se lo agradezco en nombre de Dios.

–Bueno, bueno –le dijo Sonajera–. Le he hecho un bien y donde voy, hago todo el bien que puedo.

El hombre estaba tan agradecido que invitó al soldado a su estancia. Dejaron juntos el hotel y juntos subieron al sulky del estanciero. Saldadas las deudas, el hombre lo invitó para que se quedara a descansar unos días con él y con sus tres hijas. Sonajera aceptó entusiasmado, sobre todo porque había quedado prendado de la menor de las hijas. A la semana de estadía, Sonajera emprendió el viaje. Antes de despedirse, el estanciero le preguntó si era soltero. Sonajera le contestó que sí. Entonces él le preguntó si no quería casarse con alguna de sus hijas. Sonajera le dijo que aceptaría encantado, pero que ninguna mujer podría quererlo con una facha tan espantosa. Sin preocuparse por eso, el padre llamó a sus hijas y les preguntó cuál de ellas quería casarse con Sonajera. Las dos mayores dijeron que no. La menor, en cambio, contestó:

–Usted, papá, me ha dicho que es un hombre de gran corazón y por cómo lo ayudó a usted, yo lo quiero.

Entonces Sonajera sacó un anillo de su bolsillo y con una lima lo partió al medio.

–Este es nuestro compromiso –le dijo a la niña y le dio la mitad del anillo. La otra mitad se la guardó en el bolsillo–. En menos de un año, cumplo con mi promesa; entonces volveré aquí y también cumpliré mi palabra con usted.

Al dejar la estancia, Sonajera tuvo que volver a la vida que venía haciendo antes: de pueblo en pueblo, de casa en casa. Estaba harto de ese vagabundeo. Además, cada vez le resultaba más difícil recibir techo y comida.

Al fin, faltaba ya sólo un mes para el día en que vencía el plazo. Sonajera dejó el campo y subió a las sierras. Caminó hasta un lugar donde había unas enormes piedras con unas rajaduras muy profundas. Llenó las rajaduras con monedas de oro; una tras otra, fue echando las monedas sin vaciar nunca la bolsa. Después, tapó todo con paja hasta esconderlo por completo.

Entonces sí, se preparó para el encuentro. Buscó el montecito donde había visto al diablo por primera vez. Cuando llegó, él ya estaba ahí, esperándolo.

–Has resultado muy duro de vencer –le dijo el diablo, no bien lo vio–. Mirá que te he mandado tentaciones, pero a todas te has resistido vos.

–Así que me quedo con mi alma –le dijo el soldado–, ya que pasaron los tres años y aquí estoy, vivito y coleando.

–Otra vez será –respondió el diablo–. Devolveme lo que es mío.

Sonajera le dio el cuero de oso y el saco lleno de monedas. El diablo le devolvió su fusil.

–Hasta pronto –le dijo.

–Un momento –lo frenó el soldado–, tenés que cortarme el pelo y las uñas.

–Está bien –dijo el diablo y ahí mismo sacó unas tijeras y lo peló.

Cuando el diablo desapareció, Sonajera buscó un río, y allí estuvo un rato larguísimo, sacándose toda la mugre que le cubría el cuerpo. Después volvió a su escondite en las sierras y tomó algunas monedas. Fue a una ciudad y se compró varios trajes nuevos. Los más caros. Enseguida buscó una fábrica de carruajes y se compró el carruaje más lujoso y los mejores arneses. En una estancia eligió cuatro caballos negros, los más vigorosos que había. Subió a su carruaje y se fue otra vez hasta las sierras. Allí sacó todo el oro y lo cargó. Entonces sí, enfiló hacia la casa de su prometida. Antes de llegar, fue a una peluquería y se hizo afeitar de nuevo, cortar el pelo y perfumar. Era buen mozo y, con tanto lujo, parecía un príncipe.

Cuando llegó a la estancia de su amigo, al ver a un hombre tan elegante y rico, las dos hermanas mayores salieron corriendo a recibirlo. El soldado dijo que era de otro pueblo y pidió alojamiento por el día. El padre aceptó, sin reconocerlo. ¡Cómo lo iban a reconocer ahora que andaba limpio y arreglado, los que lo habían conocido con esa facha del diablo! Al rato, el soldado le preguntó al padre si acaso no tenía otra hija. El estanciero le contestó que sí, pero que era una muchacha tímida, a la que no le gustaba salir cuando había visita. Sonajera le pidió que por favor se la presentara. La niña, por no desobedecer al padre, se acercó. Enseguida se pusieron a conversar. A cada momento se aparecían las hermanas vistiendo trajes distintos, buscando de mil modos llamar la atención de este hombre tan rico. Sonajera no les prestaba atención; en cambio, le preguntó a la menor si quería casarse.

–No puedo –contestó la muchacha–, estoy comprometida.

–¿Y quién le dice que su novio va a volver? –preguntó Sonajera–. Ya se debe haber olvidado de su promesa.

–No creo –contestó la muchacha–. Es un hombre de buen corazón.

Al rato, Sonajera le pidió un poco de agua. Bebió un sorbo y, sin que nadie lo notara, echó dentro de la copa la mitad de su anillo y se la devolvió.

Cuando la niña fue a tirar el agua, se encontró con la mitad del anillo. Lo miró, sacó su parte y vio que encajaban justo. Corrió a avisarle a su padre:

–Tata –le dijo–, ha vuelto mi novio.

–¿Y usted cómo sabe? –le preguntó el estanciero.

–Acá está la mitad de mi anillo.

El estanciero corrió a abrazar al forastero:

–Veo que sos un hombre de palabra.

Se pusieron de acuerdo para celebrar las bodas. Todos andaban felices en la casa, todos menos las dos hermanas, que morían de rabia viendo que el joven que ellas habían despreciado había resultado ser un hombre tan rico y buen mozo.

La fiesta fue inmensa, de toda la comarca vinieron los invitados. Llegaron muy buenos músicos de la ciudad. Y toda la noche bailaron a la luz de la luna. El baile estaba en su mejor momento, cuando llegó un señor muy bien arreglado, montando una mula negra, y pidió hablar con el señor Juan Gómez, que era el nombre verdadero del soldado Sonajera.

—¿Me conoce?

—Sí, sos el diablo —le contestó el soldado.

—Vengo a agradecerte por el negocio que hemos hecho. En vez de un alma me llevo dos. Las hermanas de tu novia se acaban de tirar al río y han muerto ahogadas.

Sonajera volvió a la fiesta sintiéndose muy triste. A la mañana, viendo que las hermanas no aparecían, mandó buscarlas cerca del río. Allí encontraron los cuerpos, pero ya no tenía remedio. Se hizo un entierro muy grande y todos pidieron a Dios para que las perdonara.

Desde entonces, Sonajera se quedó a vivir con su esposa en casa del estanciero. Vivieron los tres muy felices y contentos durante muchos, muchos años. Se presentó a todos como Juan Gómez y ya nadie volvió a llamarlo Soldado Sonajera.

HISTORIA DEL QUINTO HERMANO DEL BARBERO *

Mi quinto hermano El-Ashshar, llamado también En-Neshshar, tenía las orejas cortadas, ¡oh, Príncipe de los Creyentes! Y era un pobre, que por la noche se dedicaba a mendigar y de día vivía con las limosnas que de este modo había conseguido. Y nuestro padre era muy viejo, y cayó enfermo y murió, dejándonos setecientas monedas de plata, y cada uno de los hermanos tomamos lo que nos correspondía, es decir, cien monedas de plata.

Ahora bien, cuando mi quinto hermano recibió su herencia, quedó perplejo y sin saber qué hacer con ella, y estando en esta incertidumbre, se le ocurrió dedicar aquel dinero a la compra de artículos de cristal y venderlos con ganancia. Invirtió, pues, en cristalería sus cien monedas de plata, y colocando su mercancía en una gran bandeja, se sentó en un banco para venderla, con la espalda apoyada contra una pared.

Mientras estaba así sentado, se puso a meditar y empezó a decirse:

---

* Relato de *Las mil y una noches,* narrado durante las noches treinta y uno y treinta y dos. En *Antología del cuento tradicional y moderno* (1978). Traducción de Elisa Bernier, en la versión inglesa del árabe de E. W. Lane.

« La verdad es que todo mi capital consiste en estos artículos de cristal. Los venderé por doscientas monedas de plata y con esas doscientas monedas compraré más cristalería, que me valdrá cuatrocientas, y seguiré así comprando y vendiendo hasta que haya amontonado una gran riqueza. Y entonces adquiriré con ella toda clase de mercancías, y perfumes y joyas, hasta acumular una ganancia elevadísima. Y con ese dinero me compraré una hermosa casa, y mamelucos[1] y caballos y sillas de oro, y comeré y beberé y no quedará cantante en la ciudad a la que no invite a mi casa para escuchar sus canciones ».

(Todos estos cálculos los hacía mi hermano teniendo delante la bandeja con el cristal).

» Después –seguía pensando–, enviaré a todas las casamenteras para que me busquen esposa entre las hijas de los reyes y visires[2]. Y pediré por esposa a la hija del gran visir, pues he oído decir que está dotada de una belleza perfecta y de un atractivo sorprendente, y le señalaré como dote mil monedas de oro. Si el padre se manifiesta conforme, mi deseo se verá satisfecho, y si no da su consentimiento, se la raptaré por la fuerza y a pesar suyo.

» Y cuando esté de vuelta en mi palacio, compraré diez eunucos[3] jóvenes y me ataviaré como los reyes y sultanes y me encargaré una silla de oro adornada de pedrería. Y, montado

---

[1] Los *mamelucos* son soldados de la guardia personal de los sultanes.
[2] Se llama *visir* al ministro de un soberano musulmán.
[3] Se denomina *eunucos* a los hombres castrados que se dedican a la custodia de las mujeres y concubinas de los musulmanes.

a caballo, precedido y seguido por mil esclavos, recorreré diariamente las calles y los zocos[4] para distraerme, y la gente me saludará al pasar e invocará sobre mí las bendiciones. Luego iré a visitar al visir, que será el padre de la novia, rodeado de mamelucos que marcharán delante y detrás de mí. Y cuando el visir me vea, se levantará humildemente y me cederá su sitio, y él se sentará algo más abajo, porque yo seré su yerno. Entonces ordenaré a uno de los esclavos que entregue una bolsa con mil monedas de oro, que constituirán la dote, y él la colocará delante del visir. Y yo añadiré otra bolsa para que se pongan de manifiesto mi espíritu generoso y mi excesiva munificencia[5], y para demostrar que las cosas de este mundo son despreciables ante mis ojos. Y cuando el visir se dirija a mí empleando diez palabras, yo le contestaré solamente con dos.

» Y regresaré a mi casa y cuando se presente algún mensajero de parte del visir, le vestiré un rico traje, y si viene alguno con un regalo, lo devolveré y no consentiré aceptar nada de ningún modo. Luego, la noche de bodas, me engalanaré con el más rico de mis trajes y me sentaré en un diván cubierto de seda. Y cuando se presente mi esposa semejante a la luna llena, engalanada con sus joyas y atavíos, le ordenaré que permanezca en pie delante de mí, como hacen el tímido y el abyecto[6], y no me dignaré mirarla a causa de lo arrogante de mi espíritu y de la gravedad de mi sabiduría, así que las damas dirán:

---

[4] Los *zocos* son los mercados.
[5] *Munificencia* significa "gran generosidad".
[6] *Abyecto* quiere decir "humillado".

» –¡Oh, señor y amo nuestro! ¡Henos aquí a tu disposición! ¡Esta, tu esposa, o mejor dicho, tu esclava, solicita de ti una mirada amable, manteniéndose respetuosamente en pie delante de ti! ¡Dígnate concederle una mirada, pues esa actitud ya le va resultando fatigosa!

» Entonces levantaré la cabeza y la miraré, dirigiéndole una sola mirada, y volveré a inclinar la cabeza de nuevo. Y seguiré comportándome de este modo hasta que haya terminado la ceremonia de la presentación. Y entonces la conducirán a la cámara nupcial.

» Y yo me levantaré de mi sitio y me dirigiré a otro aposento, y me pondré mi ropa de noche y penetraré en la cámara donde ella me estará esperando, y me sentaré sobre el diván pero no le dirigiré ni una mirada. Y las mujeres me instarán para que me acerque a ella, pero yo no escucharé sus palabras. Y mandaré a varios criados a buscar una bolsa con quinientas monedas de oro y las repartiré entre ellos y ordenaré que se retiren.

» Y cuando se hayan retirado me sentaré junto a la novia, pero a una digna distancia, para que ella pueda decir: "¡Verdaderamente este es un hombre de arrogante espíritu!". Luego su madre vendrá a mí y me besará las manos y me dirá:

» –¡Oh mi señor, dígnate mirar a tu esposa con mirada benigna, pues espera sumisa ante ti!

» Pero yo no contestaré. Y la madre me besará los pies una y otra vez, y dirá:

» –¡Oh, mi señor! ¡Mi hija es joven y no ha visto más hombre que tú, y si la rechazas se le romperá el corazón! ¡Inclínate, pues, hacia ella, y háblale, y calma su espíritu!

» Y yo la miraré entonces con el rabillo del ojo y le ordenaré que se levante ante mí para que guste el sabor de la humillación y sepa que yo soy el sultán[7] del tiempo. Y la madre me dirá:

» —¡Oh, mi señor! Ahí tienes a tu esclava. ¡Ten compasión de ella y muéstrate benévolo! —Y ordenará a su hija que llene una copa de vino y me la acerque a los labios. Y entonces mi esposa dirá:

» —¡Oh, mi señor! ¡Por Alah te conjuro para que no rechaces la copa que te ofrece tu esclava, pues en verdad que tu esclava soy!

» Pero yo no contestaré. Y ella me instará para que beba y dirá:

» —¡Debes beber! —y acercará la copa a mis labios.

» Y entonces le daré una bofetada y un puntapié, así…»

Y, al decirlo, dio una patada a la bandeja del cristal, ¡y la bandeja cayó del banco al suelo con todo lo que había en ella, y toda la mercancía se hizo añicos! Y mi hermano empezó a lamentarse, diciendo:

—¡He aquí el resultado de mi orgullo!

---

[7] Entre los musulmanes, el *sultán* es un príncipe o gobernador.

CUENTOS MODERNOS

◆

Juan José Arreola
UN PACTO CON EL DIABLO *

Aunque me di prisa y llegué al cine corriendo, la película había comenzado. En el salón oscuro traté de encontrar un sitio. Quedé junto a un hombre de aspecto distinguido.

–Perdone usted –le dije–, ¿no podría contarme brevemente lo que ha ocurrido en la pantalla?

–Sí. Daniel Brown, a quien ve usted allí, ha hecho un pacto con el diablo.

–Gracias. Ahora quiero saber las condiciones del pacto: ¿podría explicármelas?

–Con mucho gusto. El diablo se compromete a proporcionar la riqueza a Daniel Brown durante siete años. Naturalmente, a cambio de su alma.

–¿Siete nomás?

–El contrato puede renovarse. No hace mucho, Daniel Brown lo firmó con un poco de sangre.

Yo podía completar con estos datos el argumento de la película. Eran suficientes, pero quise saber algo más. El complaciente desconocido parecía ser hombre de criterio.

---

* En *Confabulario* (1952).

En tanto que Daniel Brown se embolsaba una buena cantidad de monedas de oro, pregunté:

—En su concepto, ¿quién de los dos se ha comprometido más?

—El diablo.

—¿Cómo es eso? —repliqué sorprendido.

—El alma de Daniel Brown, créame usted, no valía gran cosa en el momento en que la cedió.

—Entonces el diablo...

—Va a salir muy perjudicado en el negocio, porque Daniel se manifiesta muy deseoso de dinero, mírelo usted.

Efectivamente, Brown gastaba el dinero a puñados. Su alma de campesino se desquiciaba. Con ojos de reproche, mi vecino añadió:

—Ya llegarás al séptimo año, ya.

Tuve un estremecimiento. Daniel Brown me inspiraba simpatía. No pude menos de preguntar:

—Usted, perdóneme, ¿no se ha encontrado pobre alguna vez?

El perfil de mi vecino, esfumado en la oscuridad, sonrió débilmente. Apartó los ojos de la pantalla donde ya Daniel Brown comenzaba a sentir remordimientos y dijo sin mirarme:

—Ignoro en qué consiste la pobreza, ¿sabe usted?

—Siendo así...

—En cambio, sé muy bien lo que puede hacerse en siete años de riqueza.

Hice un esfuerzo para comprender lo que serían esos años, y vi la imagen de Paulina, sonriente, con un traje nuevo y rodeada de cosas hermosas. Esta imagen dio origen a otros pensamientos:

–Usted acaba de decirme que el alma de Daniel Brown no valía nada: ¿cómo, pues, el diablo le ha dado tanto?

–El alma de ese pobre muchacho puede mejorar, los remordimientos pueden hacerla crecer –contestó filosóficamente mi vecino, agregando luego con malicia–: entonces el diablo no habrá perdido su tiempo.

–¿Y si Daniel se arrepiente?...

Mi interlocutor pareció disgustado por la piedad que yo manifestaba. Hizo un movimiento como para hablar, pero solamente salió de su boca un pequeño sonido gutural.

Yo insistí:

–Porque Daniel Brown podría arrepentirse, y entonces…

–No sería la primera vez que al diablo le salieran mal estas cosas. Algunos se le han ido ya de las manos a pesar del contrato.

–Realmente es muy poco honrado –dije, sin darme cuenta.

–¿Qué dice usted?

–Si el diablo cumple, con mayor razón debe el hombre cumplir –añadí como para explicarme.

–Por ejemplo... –Y mi vecino hizo una pausa llena de interés.

–Aquí está Daniel Brown –contesté–. Adora a su mujer. Mire usted la casa que le compró. Por amor ha dado su alma y debe cumplir.

A mi compañero le desconcertaron mucho estas razones.

–Perdóneme –dijo–, hace un instante usted estaba de parte de Daniel.

—Y sigo de su parte. Pero debe cumplir.

—Usted, ¿cumpliría?

No pude responder. En la pantalla, Daniel Brown se hallaba sombrío. La opulencia no bastaba para hacerle olvidar su vida sencilla de campesino. Su casa era grande y lujosa, pero extrañamente triste. A su mujer le sentaban mal las galas y las alhajas. ¡Parecía tan cambiada!

Los años transcurrían veloces y las monedas saltaban rápidas de las manos de Daniel, como antaño la semilla. Pero tras él, en lugar de plantas, crecían tristezas, remordimientos.

Hice un esfuerzo y dije:

—Daniel debe cumplir. Yo también cumpliría. Nada existe peor que la pobreza. Se ha sacrificado por su mujer, lo demás no importa.

—Dice usted bien. Usted comprende porque también tiene mujer, ¿no es cierto?

—Daría cualquier cosa porque nada le faltase a Paulina.

—¿Su alma?

Hablábamos en voz baja. Sin embargo, las personas que nos rodeaban parecían molestas. Varias veces nos habían pedido que calláramos. Mi amigo, que parecía vivamente interesado en la conversación, me dijo:

—¿No quiere usted que salgamos a uno de los pasillos? Podremos ver más tarde la película.

No pude rehusar y salimos. Miré por última vez a la pantalla: Daniel Brown confesaba llorando a su mujer el pacto que había hecho con el diablo.

Yo seguía pensando en Paulina, en la desesperante estrechez en que vivíamos, en la pobreza que ella soportaba dulcemente y que me hacía sufrir mucho más. Decididamente, no comprendía yo a Daniel Brown, que lloraba con los bolsillos repletos.

–Usted, ¿es pobre?

Habíamos atravesado el salón y entrábamos en un angosto pasillo, oscuro y con un leve olor de humedad. Al trasponer la cortina gastada, mi acompañante volvió a preguntarme:

–Usted, ¿es muy pobre?

–En este día –le contesté–, las entradas al cine cuestan más baratas que de ordinario y, sin embargo, si supiera usted qué lucha para decidirme a gastar ese dinero. Paulina se ha empeñado en que viniera; precisamente por discutir con ella llegué tarde al cine.

–Entonces, un hombre que resuelve sus problemas tal como lo hizo Daniel, ¿qué concepto le merece?

–Es cosa de pensarlo. Mis asuntos marchan muy mal. Las personas ya no se cuidan de vestirse. Van de cualquier modo. Reparan sus trajes, los limpian, los arreglan una y otra vez. Paulina misma sabe entenderse muy bien. Hace combinaciones y añadidos, se improvisa trajes; lo cierto es que desde hace mucho tiempo no tiene un vestido nuevo.

–Le prometo hacerme su cliente –dijo mi interlocutor, compadecido–; en esta semana le encargaré un par de trajes.

–Gracias. Tenía razón Paulina al pedirme que viniera al cine; cuando sepa esto va a ponerse contenta.

—Podría hacer algo más por usted —añadió el nuevo cliente—; por ejemplo, me gustaría proponerle un negocio, hacerle una compra...

—Perdón —contesté con rapidez—, no tenemos ya nada para vender: lo último, unos aretes de Paulina...

—Piense usted bien, hay algo que quizás olvida...

Hice como que meditaba un poco. Hubo una pausa que mi benefactor interrumpió con voz extraña:

—Reflexione usted. Mire, allí tiene usted a Daniel Brown. Poco antes de que usted llegara, no tenía nada para vender, y, sin embargo...

Noté, de pronto, que el rostro de aquel hombre se hacía más agudo. La luz roja de un letrero puesto en la pared daba a sus ojos un fulgor extraño, como fuego. Él advirtió mi turbación y dijo con voz clara y distinta:

—A estas alturas, señor mío, resulta por demás una presentación. Estoy completamente a sus órdenes.

Hice instintivamente la señal de la cruz con mi mano derecha, pero sin sacarla del bolsillo. Esto pareció quitar al signo su virtud, porque el diablo, componiendo el nudo de su corbata, dijo con toda calma:

—Aquí, en la cartera, llevo un documento que...

Yo estaba perplejo. Volvía a ver a Paulina de pie en el umbral de la casa, con su traje gracioso y desteñido, en la actitud en que se hallaba cuando salí: el rostro inclinado y sonriente, las manos ocultas en los pequeños bolsillos de su delantal.

Pensé que nuestra fortuna estaba en mis manos. Esta noche apenas si teníamos algo para comer. Mañana habría manjares sobre la mesa. Y también vestidos y joyas, y una casa grande y hermosa. ¿El alma?

Mientras me hallaba sumido en tales pensamientos, el diablo había sacado un pliego crujiente y en una de sus manos brillaba una aguja.

"Daría cualquier cosa porque nada te faltara". Esto lo había dicho yo muchas veces a mi mujer. Cualquier cosa. ¿El alma? Ahora estaba frente a mí el que podía hacer efectivas mis palabras. Pero yo seguía meditando. Dudaba. Sentía una especie de vértigo. Bruscamente, me decidí:

–Trato hecho. Sólo pongo una condición.

El diablo, que ya trataba de pinchar mi brazo con su aguja, pareció desconcertado:

–¿Qué condición?

–Me gustaría ver el final de la película –contesté.

–¡Pero qué le importa a usted lo que le ocurra a ese imbécil de Daniel Brown! Además, eso es un cuento. Déjelo usted y firme, el documento está en regla, sólo hace falta su firma, aquí, sobre esta raya.

La voz del diablo era insinuante, ladina[1], como un sonido de monedas de oro. Añadió:

–Si usted gusta, puedo hacerle ahora mismo un anticipo.

Parecía un comerciante astuto. Yo repuse con energía:

–Necesito ver el final de la película. Después firmaré.

–¿Me da usted su palabra?

–Sí.

---

[1] *Ladina* significa "astuta, taimada".

Entramos de nuevo en el salón. Yo no veía en absoluto, pero mi guía supo hallar fácilmente dos asientos.

En la pantalla, es decir, en la vida de Daniel Brown, se había operado un cambio sorprendente, debido a no sé qué misteriosas circunstancias.

Una casa campesina, destartalada y pobre. La mujer de Brown estaba junto al fuego, preparando la comida. Era el crepúsculo y Daniel volvía del campo con la azada al hombro. Sudoroso, fatigado, con su burdo traje lleno de polvo, parecía, sin embargo, dichoso.

Apoyado en la azada, permaneció junto a la puerta. Su mujer se le acercó, sonriendo. Los dos contemplaron el día que se acababa dulcemente, prometiendo la paz y el descanso de la noche. Daniel miró con ternura a su esposa, y recorriendo luego con los ojos la limpia pobreza de la casa, preguntó:

—Pero, ¿no echas tú de menos nuestra pasada riqueza? ¿Es que no te hacen falta todas las cosas que teníamos?

La mujer respondió lentamente:

—Tu alma vale más que todo eso, Daniel...

El rostro del campesino se fue iluminando, su sonrisa parecía extenderse, llenar toda la casa, salir del paisaje. Una música surgió de esa sonrisa y parecía disolver poco a poco las imágenes. Entonces, de la casa dichosa y pobre de Daniel Brown brotaron tres letras blancas que fueron creciendo, creciendo, hasta llenar toda la pantalla.

Sin saber cómo, me hallé de pronto en medio del tumulto que salía de la sala, empujando, atropellando, abriéndome paso con violencia. Alguien me cogió de un brazo y trató de sujetarme. Con gran energía me solté, y pronto salí a la calle.

Era de noche. Me puse a caminar de prisa, cada vez más de prisa, hasta que acabé por echar a correr. No volví la cabeza ni me detuve hasta que llegué a mi casa. Entré lo más tranquilamente que pude y cerré la puerta con cuidado.

Paulina me esperaba.

Echándome los brazos al cuello, me dijo:

—Pareces agitado.

—No, nada, es que...

—¿No te ha gustado la película?

—Sí, pero...

Yo me hallaba turbado. Me llevé las manos a los ojos. Paulina se quedó mirándome, y luego, sin poderse contener, comenzó a reír, a reír alegremente de mí, que deslumbrado y confuso me había quedado sin saber qué decir. En medio de su risa, exclamó con festivo reproche:

—¿Es posible que te hayas dormido?

Estas palabras me tranquilizaron. Me señalaron un rumbo. Como avergonzado, contesté:

—Es verdad, me he dormido.

Y luego, en son de disculpa, añadí:

—Tuve un sueño, y voy a contártelo.

Cuando acabé mi relato, Paulina me dijo que era la mejor película que yo podía haberle contado. Parecía contenta y se rió mucho.

Sin embargo, cuando yo me acostaba, pude ver cómo ella, sigilosamente, trazaba con un poco de ceniza la señal de la cruz sobre el umbral de nuestra casa.

❖

Hebe Solves

TOMILLO APRENDE A SER GUANACO *

El Bosque Petrificado se encuentra en el centro-norte de la provincia de Santa Cruz, a doscientos cincuenta kilómetros de Caleta Olivia.

–Es un Parque Nacional y fue mi primer destino –dice Marcos Vanderkercove, el guarda parque–. La casa era de aluminio y, junto con el taller-garaje, son las únicas construcciones que hay a treinta kilómetros a la redonda. El paisaje es lunar, rodeado por mesetas y acantilados sedimentarios de origen marino.

–Ahí fue donde conocí a Tomillo y lo salvé de la cacerola –dice Marcos, cuando recuerda su estadía en el Bosque Petrificado–. Es un lugar muy solitario. Al principio, mi única compañía era Ayelén, mi perra doga.

Pero un día fui a Caleta Olivia para realizar el aprovisionamiento mensual y llegué con la camioneta hasta la casa de un amigo. Estaban alimentando a un guanaco recién nacido (un "chulengo"), como quien cría un pavo para Navidad.

–Si me lo dan, lo llevo conmigo –dije.

---

* Una historia contada por el guarda parque Marcos Vanderkercove y escrita por Hebe Solves.

El animalito tomaba biberón y era muy amigo de los niños de la familia, pero también destrozaba las rosas del jardín, y me lo dieron.

Cuando llegamos a mi casa, el chulengo se lanzó sobre un pequeño huerto que había conseguido formar al amparo del viento y se puso a comer una mata de tomillo, mi aromática preferida. Peló todo el cantero y de ahí el nombre... Tomillo comía confiado; Ayelén lo adoptó inmediatamente y lo crió como a un hijo.

Perra y guanaco se peleaban por venir a sentarse junto a mí y todas las tardes tomaba mate en compañía de ellos dos y las piedras de alrededor. Sí, cuando uno está solo, en esa inmensidad, le parece que los animales, las piedras y la tierra le cuentan cosas.

Tomillo se arrodillaba a mi lado como hacen los camellos, y metía la cabeza bajo mi brazo. Yo le hablaba haciendo un sonido y él me contestaba con un ruidito. Un sonido, un ruido; dos sonidos, dos ruidos; tres sonidos, tres ruiditos... Como si quisiera hablar.

Entretanto, Tomillo crecía. Ya era casi un joven y, cuando llegara la primavera, seguro buscaría a su manada para formar pareja. Tenía que hacer algo. Tomillo se había acostumbrado a un ritmo doméstico: al principio comía los brotes que le daba con mis propias manos y no sabía vivir como guanaco. Pero Ayelén y yo empezamos a enseñarle a buscar agua y a elegir la comida entre la vegetación xerófila.

A menudo yo salía a sacar fotos. Me gusta mucho. En el centro del Parque, que es Monumento Natural, se encuentra el cerro Madre e Hija, antiguo volcán que dio origen a los árboles petrificados al sepultar el bosque con ceniza, hace ciento cuarenta millones de años. Encontré troncos petrificados, en pie o tumbados. Y piedras talladas en los "picaderos", donde los aborígenes trabajaban sus herramientas hace miles de años. La gente cree que en este desierto puede hallar restos de dinosaurios. Nada de eso. Los bosques de piedra son muy anteriores a la formación de la Cordillera de los Andes. Y aun a la existencia de los dinosaurios... En cambio, hay manadas de guanacos, en libertad.

Por ahí cerca, en el Valle de los Ecos, vivía una de esas manadas. A este Valle no se puede acceder con un vehículo común y los guanacos lo tienen marcado porque depositan los excrementos en los extremos. Ahí debería vivir Tomillo, en el futuro.

Y llegó el día. Llamé a Tomillo, le cubrí la cabeza con una bolsa, pinté dos marcas negras en cada una de sus ancas, lo cargué en la camioneta y lo llevé lo más cerca posible de los suyos. Cuando lo liberé, no supo cómo reaccionar: andaba dando vueltas como perdido, yo lo había traicionado aunque hubiera obrado bien. De vuelta a casa, Ayelén no quería comer...

A partir de entonces, yo observaba la manada todos los días, desde lejos y con prismáticos. Me movilizaba con la moto, vehículo que Tomillo no conocía y no podía asociar conmigo. Al principio, vi que Tomillo andaba solo: los demás lo rechazaban. Pero al fin fue aceptado y pastaba entre su "gente". Seguía creciendo y estaba cambiando el pelaje: seguramente las marcas ya habrían desaparecido.

Los días que siguieron fueron un poco tristes. Llegó el invierno, la nieve, el viento que castigaba la casa y el polvo que entraba por todos lados. Es la época en que el puma merodea en busca de comida y se pone más agresivo.

Fue después de una nevada cuando, en un acantilado de los que suelen seguir los guanacos en fila india, para protegerse del viento, encontré a un guanaco destrozado por el puma.

"Mi Dios..., ¿será Tomillo?", pensé. No podía distinguir la marca de las pinceladas entre los restos del animal y me fui de allí con una terrible congoja.

Los pumas cazan para comer. Pero también para enseñarles a cazar a sus crías. A veces, un animal muerto queda enterito en el suelo y los restos se secan a la intemperie. El puma se agazapa en la terraza, al costado del callejón y, cuando los guanacos aparecen en hilera, espera para atacar. De pronto, se abalanza sobre el cuello de su víctima; con la pata izquierda lo atrapa por el cogote y con la derecha le fuerza la cabeza hacia atrás, para desnucarlo. Entonces, la manada huye despavorida y el puma y su cría tienen comida suficiente.

La vida siguió, volvió la primavera y yo empecé a recorrer el Parque con la camioneta amarilla, muy parecida a la de un cazador que solía merodear por allí, aunque estuviera prohibido.

Fue una madrugada cuando vi a los guanacos aparecer en el horizonte, como si salieran a saludar al sol. Entonces oí un relincho y uno de ellos se desprendió del grupo y vino hacia mí, galopando.

–¡Tomillo! ¡Tomillo! ¡Estás vivo!

Sí, era Tomillo y me había reconocido.

Tenía que actuar rápidamente. Y aun en contra de mis deseos, saqué el arma reglamentaria y tiré al aire, con furia, hasta descargar el cargador entero.

Entonces Tomillo se alejó de mí para siempre. La última lección fue esa, como si le dijera: –Nunca te acerques a la camioneta de los hombres, Tomillo. No todos son tus amigos...

❖

Fernando Sorrentino

EN DEFENSA PROPIA *

Era sábado, serían las diez de la mañana.

En un descuido, mi hijo mayor, que es el diablo, trazó con un alambre un garabato en la puerta del departamento vecino. Nada alarmante ni catastrófico: un breve firulete, acaso imperceptible para quien no estuviera sobre aviso.

Lo confieso con rubor: al principio –¿quién no ha tenido estas debilidades?– pensé en callar. Pero después me pareció que lo correcto era disculparme ante el vecino y ofrecerle pagar los daños. Afianzó esta determinación de honestidad la certeza de que los gastos serían escasos.

Llamé brevemente. De los vecinos solo sabía que eran nuevos en la casa, que eran tres, que eran rubios. Cuando hablaron, supe que eran extranjeros. Cuando hablaron un poco más, los supuse alemanes, austríacos o suizos.

Rieron bonachonamente; no le asignaron al garabato ninguna importancia; hasta fingieron esforzarse, con una lupa, para poder verlo, tan insignificante era.

---

* En *En defensa propia* (1982).

Con firmeza y alegría rechazaron mis disculpas, dijeron que todos los niños eran traviesos, no admitieron —en suma— que yo me hiciera cargo de los gastos de reparación.

Nos despedimos entre sonoras risotadas y con férreos apretones de manos.

Ya en casa, mi mujer —que había estado espiando por la mirilla— me preguntó, anhelante:

—¿Saldrá cara la pintura?

—No quieren ni un centavo —la tranquilicé.

—Menos mal —repuso, y oprimió un poco la cartera.

No hice más que volverme, cuando vi, junto a la puerta, un pequeñísimo sobre blanco. En su interior había una tarjeta de visita. Impresos, en letras cuadraditas, dos nombres:

GUILLERMO HOFER Y RICARDA H. KORNFELD DE HOFER

Después, en menuda caligrafía azul, se agregaba:

y Guillermito Gustavo Hofer saludan muy atentamente al señor y a la señora Sorrentino, y les piden mil disculpas por el mal rato que pudieron haber pasado por la presunta travesura —que no es tal— del pequeño Juan Manuel Sorrentino al adornar nuestra vieja puerta con un gracioso dibujito.

—¡Caramba! —dije—. Qué gente delicada. No sólo no se enojan, sino que se disculpan.

Para retribuir de algún modo tanta amabilidad, tomé un libro infantil sin estrenar, que reservaba como regalo para Juan Manuel, y le pedí que obsequiara con él al pequeño Guillermito Gustavo Hofer.

Ese era mi día de suerte: Juan Manuel obedeció sin imponerme condiciones humillantes, y volvió portador de millones de gracias de parte del matrimonio Hofer y de su retoño.

Serían las doce. Los sábados suelo, sin éxito, intentar leer. Me senté, abrí el libro, leí dos palabras, sonó el timbre. En estos casos, siempre soy el único habitante de la casa y mi deber es levantarme. Emití un resoplido de fastidio, y fui a abrir la puerta. Me encontré con un joven de bigotes, vestido como un soldadito de plomo, eclipsado tras un ingente ramo de rosas.

Firmé un papel, di una propina, recibí una especie de saludo militar, conté veinticuatro rosas, leí, en una tarjeta ocre,

Guillermo Hofer y Ricarda H. Kornfeld de Hofer saludan muy atentamente al señor y a la señora Sorrentino, y al pequeño Juan Manuel Sorrentino, y les agradecen el bellísimo libro de cuentos infantiles —alimento para el espíritu— con que han obsequiado a Guillermito Gustavo.

En eso, con bolsas y esfuerzos, llegó del mercado mi mujer:

—¡Qué lindas rosas! ¡Con lo que a mí me gustan las flores! ¿Cómo se te ocurrió comprarlas, a vos que nunca se te ocurre nada?

Tuve que confesar que eran un regalo del matrimonio Hofer.

—Esto hay que agradecerlo —dijo, distribuyendo las rosas en jarrones—. Los invitaremos a tomar el té.

Mis planes para ese sábado eran otros. Débilmente, aventuré:

—¿Esta tarde...?

—No dejes para mañana lo que puedas hacer hoy.

Serían las seis de la tarde. Esplendorosa vajilla y albo mantel cubrían la mesa del comedor. Un rato antes, obedeciendo órdenes de mi mujer —que deseaba un toque vienés—, debí presentarme en una confitería de la avenida Cabildo, comprar sándwiches, masas, postres, golosinas. Eso sí, todo de primera calidad y el paquete atado con una cintita roja y blanca que realmente abría el apetito. Al pasar frente a una ferretería, una oscura ruindad me impulsó a comparar el importe de mi reciente gasto con el precio de la más gigantesca lata de la mejor de todas las pinturas. Experimenté una ligera congoja.

Los Hofer no llegaron con las manos vacías. Los entorpecía —blanca, cremosa y barroca— una torta descomunal que hubiera alcanzado para todos los soldados de un regimiento. Mi mujer quedó anonadada por la excesiva generosidad del presente. Yo también, pero ya me sentía un poco incómodo. Los Hofer, con su charla hecha sobre todo de disculpas y zalamerías, no lograban interesarme. Juan Manuel y Guillermito, con sus juegos hechos sobre todo de carreras, golpes, gritos y destrozos, lograban alarmarme.

A las ocho me hubiera parecido meritorio que se retiraran. Pero mi mujer me musitó al oído, en la cocina:

–Han sido tan amables. Semejante torta. Tendríamos que invitarlos a cenar.

–¿A cenar qué, si no hay comida? ¿A cenar por qué, si no tenemos hambre?

–Si no hay comida aquí, habrá en la rotisería. En cuanto al hambre, ¿quién dijo que es necesario comer? Lo importante es compartir la mesa y pasar un rato divertido.

A pesar de que lo importante no era la comida, a eso de las diez de la noche, cargado como una mula, transporté, desde la rotisería, enormes y fragantes paquetes. Una vez más, los Hofer demostraron que no eran gente de presentarse con las manos vacías: en un cofre de hierro y bronce trajeron treinta botellas de vino italiano y cinco de coñac francés.

Serían las dos de la mañana. Extenuado por las migraciones, ahíto por el exceso de comida, embriagado por el vino y el coñac, aturdido por la emoción de la amistad, me dormí al instante. Fue una suerte: a las seis, los Hofer, vestidos con ropas deportivas y protegidos los ojos con lentes ahumados, tocaron el timbre. Nos llevarían en automóvil a su quinta de la vecina localidad de Ingeniero Maschwitz.

Mentiría quien dijese que este pueblo está pegado a Buenos Aires. En el coche pensé con nostalgia en mi mate, en mi diario, en mi ocio. Si mantenía abiertos los ojos, me ardían; si los cerraba, me quedaba dormido. Los Hofer, misteriosamente descansados, charlaron y rieron durante todo el trayecto.

En la quinta, que era muy linda, nos trataron como a reyes. Tomamos sol, nadamos en la pileta, comimos delicioso asado criollo, hasta dormí una siestita bajo un árbol con hormigas. Al despertarme, caí en la cuenta de que habíamos ido con las manos vacías.

—No seas guarango —susurró mi mujer—. Aunque sea comprale algo al chico.

Fui a caminar por el pueblo con Guillermito. Ante el escaparate de una juguetería le pregunté:

—¿Qué querés que te compre?

—Un caballo.

Entendí que se refería a un caballito de juguete. Me equivocaba: volví a la quinta en ancas de un bayo brioso, sujeto de la cintura de Guillermito y sin siquiera un cojinillo para mis asentaderas doloridas.

Así pasó el domingo.

El lunes, al volver de mi empleo, encontré al señor Hofer enseñándole a Juan Manuel a manejar una motocicleta.

—¿Cómo le va? —me dijo—. ¿Le gusta lo que le regalé al nene?

—Pero si es muy chico para andar en moto —objeté.

—Entonces se la regalo a usted.

Nunca lo hubiera dicho. Al verse despojado del reciente obsequio, Juan Manuel estalló en una rabieta estentórea.

—Pobrecito —comprendió el señor Hofer—. Los chicos son así. Vení, querido, tengo algo lindo para vos.

Yo me senté en la motocicleta y, como no sé manejar, me puse a hacer ruido de motocicleta con la boca.

—¡Alto ahí o lo mato!

Juan Manuel me apuntaba con una escopeta de aire comprimido.

—Nunca dispares a los ojos —le recomendó el señor Hofer.

Hice ruido de frenar la motocicleta, y Juan Manuel dejó de apuntarme. Subimos a casa muy contentos los dos.

–Recibir regalos es muy fácil –señaló mi mujer–. Pero hay que saber retribuir. A ver si te hacés notar.

Comprendí. El martes adquirí un automóvil importado y una carabina. El señor Hofer me preguntó por qué me había molestado; Guillermito, del primer tiro, rompió el farol del alumbrado público.

El miércoles los regalos fueron tres. Para mí, un desmesurado ómnibus de viajes internacionales, provisto de aire acondicionado y servicios de baño, sauna, restaurante y salón de baile. Para Juan Manuel, una bazuca de fabricación vietnamita. Para mi mujer, un lujoso vestido blanco de fiesta.

–¿Dónde voy a lucir el vestido? –comentó, decepcionada–. ¿En el ómnibus? La culpa es tuya, que nunca le regalaste nada a la señora. Por eso ahora me regalan limosnas.

Un estampido horrendo casi me dejó sordo. Para probar su bazuca, Juan Manuel acababa de demoler, de un solo disparo, la casa de la esquina, por fortuna deshabitada tiempo ha.

Pero mi mujer seguía con sus quejas:

–Claro, para el señor, un ómnibus como para ir hasta el Brasil. Para el señorito, un arma poderosa como para defenderse de los antropófagos del Mato Grosso. Para la sirvienta, un vestidito de fiesta... Estos Hofer, como buenos europeos, son unos tacaños...

Subí a mi ómnibus y lo puse en marcha. Me detuve cerca del río, en un paraje solitario. Allí, perdido en el desaforado asiento, gozando de la fresca penumbra que me brindaban los visillos corridos, me entregué a la serena meditación.

Cuando supe exactamente qué debía hacer, me dirigí al ministerio a ver a Pérez. Como todo argentino, yo tengo un amigo en un ministerio, y este amigo se llama Pérez. Por más que soy muy emprendedor, en este caso necesitaba que Pérez interpusiera su influencia.

Y lo logré.

Vivo en el barrio de Las Cañitas, al que ahora le dicen San Benito de Palermo. Para extender una vía férrea desde la estación Lisandro de la Torre hasta la puerta de mi casa, fue necesario el trabajo silencioso, fecundo e ininterrumpido de un multitudinario ejército de ingenieros, técnicos y obreros, quienes, utilizando la más especializada y moderna maquinaria internacional, y tras expropiar y demoler las cuatro manzanas de suntuosos edificios que otrora se extendían por la avenida del Libertador entre las calles Olleros y Matienzo, coronaron con éxito rotundo tan valerosa empresa. De más está puntualizar que sus dueños recibieron justa e instantánea indemnización. Es que con un Pérez en un ministerio no existe la palabra *imposible*.

Esta vez quise darle una sorpresa al señor Hofer. Cuando el jueves, a las ocho de la mañana, salió a la calle, encontró una reluciente locomotora diésel, roja y amarilla, enganchada a seis vagones. Sobre la puerta de la locomotora, un cartelito rezaba:

BIENVENIDO A SU TREN, SEÑOR HOFER.

—¡Un tren! —exclamó—. ¡Un tren, todo para mí solo! ¡El sueño de mi vida! ¡Desde chico que quiero manejar un tren!

Y, loco de contento y sin siquiera agradecerme, subió a la locomotora, donde un sencillo manual de instrucciones lo esperaba para explicarle cómo conducirla.

—Pero espere —dije—, no sea abombado. Mire lo que le compré a Guillermito.

Un poderoso tanque de guerra destruía con sus orugas las baldosas de la acera.

—¡¡¡Bieeeennn!!! —gritó Guillermito—. ¡Con las ganas que tengo de tirar abajo el obelisco!

—Tampoco me olvidé de la señora —añadí.

Y le entregué, recién recibido de Francia, el más fino y delicado tapado de visón.

Como eran ansiosos y juguetones, los Hofer quisieron estrenar en ese mismo instante sus regalos.

Pero en cada obsequio yo había colocado una pequeña trampa.

El tapado de visón estaba interiormente recubierto de una emulsión mágica evaporante que me había cedido un hechicero del Congo, de manera que, apenas se envolvió con él, la señora Ricarda se achicharró primero y luego se convirtió en una tenue nubecilla blancuzca que se perdió en el cielo.

No bien Guillermito efectuó su primer cañonazo contra el obelisco, la torreta del tanque, accionada por un dispositivo especial, salió disparada hacia el espacio y depositó al pequeño, sano y salvo, en una de las diez lunas del planeta Saturno.

Cuando el señor Hofer puso en marcha el tren, este, incontrolable, se lanzó raudamente por un viaducto atómico cuyo itinerario, tras cruzar el Atlántico, el noroeste del África y el canal de Sicilia, concluía bruscamente en el cráter del volcán Etna, que por esos días había entrado en erupción.

Así fue como llegó el viernes, y no recibimos ningún regalo de los Hofer. Al anochecer, mientras preparaba la comida, mi mujer dijo:

—Sea uno amable con los vecinos. Póngase en gastos. Que tren, que tanque, que visón. Y ellos, ni una tarjetita de agradecimiento.

❖

Augusto Monterroso
EL ECLIPSE *

Cuando fray Bartolomé Arrazola se sintió perdido, aceptó que ya nada podría salvarlo. La selva poderosa de Guatemala lo había apresado, implacable y definitiva. Ante su ignorancia topográfica[1], se sentó con tranquilidad a esperar la muerte. Quiso morir allí, sin ninguna esperanza, aislado, con el pensamiento fijo en la España distante, particularmente en el convento de Los Abrojos, donde Carlos Quinto[2] condescendiera[3] una vez a bajar de su eminencia[4] para decirle que confiaba en el celo[5] religioso de su labor redentora[6].

Al despertar se encontró rodeado por un grupo de indígenas de rostro impasible que se disponían a sacrificarlo ante un altar, un altar que a Bartolomé le pareció como el lecho en que descansaría, al fin, de sus temores, de su destino, de sí mismo.

---

* En *Obras completas (y otros cuentos)* (1959).

[1] El adjetivo *topográfico* significa "relacionado con la topografía", es decir, con las particularidades de un terreno, en especial del relieve.

[2] Carlos V (1500-1558) fue rey de España y emperador de Alemania.

[3] El verbo *condescender* significa "consentir, tolerar, transigir".

[4] El término *eminencia* se refiere a la altura, la elevación que otorga al rey la excelencia de su condición. Es un juego de palabras, ya que "Su Eminencia" es un tratamiento de cortesía, equivalente a "Su Majestad".

[5] El *celo* es el cuidado, el esmero con que se realiza algo.

[6] Con la expresión *labor redentora* se hace referencia a la tarea de evangelización de los indígenas que llevaba a cabo la Iglesia católica.

Tres años en el país le habían conferido un mediano dominio de las lenguas nativas. Intentó algo. Dijo algunas palabras que fueron comprendidas.

Entonces floreció en él una idea que tuvo por digna de su talento y de su cultura universal y de su arduo conocimiento de Aristóteles[7]. Recordó que para ese día se esperaba un eclipse total de sol. Y dispuso, en lo más íntimo, valerse de aquel conocimiento para engañar a sus opresores y salvar la vida.

–Si me matáis –les dijo– puedo hacer que el sol se oscurezca en su altura.

Los indígenas lo miraron fijamente y Bartolomé sorprendió la incredulidad en sus ojos. Vio que se produjo un pequeño consejo, y esperó confiado, no sin cierto desdén.

Dos horas después, el corazón de fray Bartolomé Arrazola chorreaba su sangre vehemente sobre la piedra de los sacrificios (brillante bajo la opaca luz de un sol eclipsado), mientras uno de los indígenas recitaba sin ninguna inflexión de voz, sin prisa, una por una, las infinitas fechas en que se producirían eclipses solares y lunares, que los astrónomos de la comunidad maya[8] habían previsto y anotado en sus códices[9] sin la valiosa ayuda de Aristóteles.

❖

---

[7] Aristóteles (384-322 a. C.) era un filósofo griego, que también estudió el movimiento de los astros.
[8] El *maya* era un pueblo indígena que, en la época precolombina, se había extendido por la península de Yucatán, y los actuales países centroamericanos de Guatemala, Honduras y El Salvador.
[9] Los *códices* son libros manuscritos de cierta antigüedad, que poseen importancia histórica o literaria.

Ray Bradbury
EL PEATÓN *

Introducirse en el silencio exterior de la ciudad a las ocho en punto de una noche neblinosa de noviembre, colocar los pies sobre el concreto de la vereda, pasar por en medio de las juntas invadidas por el pasto, con las manos en los bolsillos, atravesar el silencio, eso era lo que el señor Leonard Mead amaba más que nada en el mundo. Solía detenerse en la esquina de una intersección para escudriñar bajo la luz de la luna las largas avenidas que corrían en las cuatro direcciones, decidiendo por qué camino seguir, aunque en realidad no importaba: estaba solo, o casi, en este mundo del año 2052, y una vez tomada la decisión final, una vez elegido el camino, solía largarse a caminar a grandes pasos, dibujando en el aire helado figuras como las del humo de un cigarro.

A veces, caminaba durante varias horas y varios kilómetros y regresaba a casa recién a medianoche. En su camino podía ver las casas con las ventanas oscuras, y no era diferente de atravesar un cementerio en el que sólo las luces tenues y vacilantes de las luciérnagas parpadeasen detrás de las ventanas. Fantasmas grises y repentinos semejaban apariciones

* En *Las doradas manzanas del sol* (1952). La traducción es de Horacio Guido.

en las paredes interiores de las habitaciones en las que la cortina no se había corrido aún, o se escuchaban susurros y murmullos en las construcciones mortuorias en las que las ventanas aún permanecían abiertas.

El señor Leonard Mead solía hacer una pausa, levantar la cabeza, escuchar con atención, mirar y seguir adelante, sin hacer ruido sobre el pavimento desparejo. Hacía tiempo que había decidido sabiamente usar zapatillas para caminar de noche porque, con los zapatos convencionales, los perros, en jaurías intermitentes, señalaban su recorrido con ladridos, y entonces empezaban a encenderse luces y a asomarse algunas caras y toda una calle se inquietaba por el paso de una figura solitaria, él mismo, en el atardecer de noviembre.

Esa tarde su viaje empezó en dirección al poniente, hacia el mar oculto. El aire era un cristal congelado; cortaba la nariz y hacía que los pulmones se encendiesen por dentro como un árbol de Navidad; se podía sentir la luz fría al entrar y salir, todas las ramas cubiertas de nieve invisible. Escuchaba con satisfacción la débil presión de sus zapatos livianos sobre las hojas de otoño, y silbaba una tonada fría y calma por entre los dientes, levantando ocasionalmente una hoja del suelo al pasar, examinando el dibujo de sus nervaduras a la luz de los escasos faroles, percibiendo su olor anticuado.

—¡Hola a todos! —susurraba al pasar frente a cada casa—. ¿Qué dan hoy en canal 4, en canal 7, en canal 9? ¿Adónde van tan apurados los *cowboys*? ¿Y qué es lo que veo? ¿la Caballería de los Estados Unidos que viene al rescate en la próxima colina?

La calle estaba en silencio, larga y vacía; sólo su sombra se movía como la sombra de un halcón en medio del campo. Si cerraba los ojos y se quedaba muy quieto, inmóvil, podía imaginarse a sí mismo en el centro de una planicie, el desierto de Arizona, invernal, sin una gota de viento, sin una sola casa en miles de kilómetros a la redonda, y sólo el cauce seco de los ríos, las calles, por compañía.

–¿Qué pasa ahora? –les preguntaba a las casas, observando su reloj de pulsera–. ¿Ocho y media de la noche? ¿Ya es hora de asesinatos al por mayor? ¿Preguntas y respuestas? ¿Una revista política? ¿Cómicos que se caen del escenario?

¿Eso que se escuchaba era el murmullo de una risa en la blancura lunar de una casa? Dudó, pero siguió adelante cuando se dio cuenta de que nada más sucedería. Tropezó con una sección especialmente despareja de la vereda. El cemento desaparecía debajo de las flores y el pasto. En diez años de caminatas, de noche y de día, a través de miles de kilómetros, nunca se había encontrado con otra persona caminando, ni una sola en todo ese tiempo.

Llegó a un cruce de caminos que permanecía en silencio, allí donde se juntaban las dos carreteras principales que atravesaban el pueblo. Durante el día, los automóviles pasaban en olas atronadoras ante las estaciones de servicio abiertas, como un gran insecto movedizo en una maniobra incesante de escarabajo, un incienso débil saliendo de los escapes y recortándose a lo lejos en todas direcciones. Pero ahora estas autopistas eran como arroyos en una estación seca, todo piedra y cauce y fulgor lunar.

Emprendió la vuelta en una calle lateral, dando un rodeo camino hacia su hogar. Estaba a una cuadra de su destino cuando el coche solitario apareció de repente por una esquina, y le lanzó un cono de luz blanca y feroz. Se quedó hipnotizado, como una mariposa nocturna, aturdido por el resplandor, atraído luego hacia él.

Una voz metálica le advirtió:

—¡Quédese quieto! ¡Permanezca en su lugar! ¡No se mueva!

Se detuvo.

—¡Levante las manos!

—Pero... —dijo él.

—¡Las manos arriba o vamos a disparar!

La policía, por supuesto; pero qué cosa rara, qué increíble: en una ciudad de tres millones de habitantes, quedaba sólo *una* patrulla de policía, ¿no era así? Desde hacía casi un año, 2052, el año de las elecciones, las patrullas de la fuerza habían sido reducidas de tres a una. El crimen estaba en baja; ya no se necesitaba a la policía, excepto por esta única patrulla solitaria que paseaba y paseaba por las calles vacías.

—¿Nombre? —dijo la patrulla de policía con un susurro metálico. La luz brillante en los ojos no le dejaba ver a los ocupantes.

—Leonard Mead —dijo.

—¡Hable más alto!

—¡Leonard Mead!

—¿Ocupación o profesión?

—Digamos que soy escritor.

–Sin profesión –dijo la patrulla de policía, como si hablase consigo misma. La luz lo mantenía clavado, como un espécimen de museo, con la aguja atravesada en el pecho.

–Podríamos decir que sí –dijo el señor Mead. Hacía años que no escribía. Ya no se vendían más revistas ni libros. Todo ocurría ahora por las noches en las casas sepulcrales, pensó, siguiendo con su fantasía. Las tumbas, iluminadas por la luz enfermiza de la televisión, allí donde las gentes se sentaban como si estuviesen muertas, con las luces grises o multicolores tocándoles las caras, pero nunca tocándolas de verdad a *ellas*.

–Sin profesión –dijo la voz de fonógrafo, sibilante–. ¿Qué está haciendo afuera?

–Caminando –dijo Leonard Mead.

–¡Caminando!

–Tan sólo caminando –dijo con sencillez, pero su rostro se heló.

–Caminando, tan sólo caminando, ¿caminando?

–Sí, señor.

–¿Caminando hacia dónde? ¿Para qué?

–Caminando para tomar aire. Caminando para *mirar*.

–¡Domicilio!

–Calle de Saint James Sur, número once.

–Y en su casa, señor Mead, ¿hay aire *en* su casa? ¿Tiene usted un acondicionador de aire?

–Sí.

–¿Y tiene usted una pantalla en su casa para poder mirar?

–No.

—¿No? —Hubo un silencio destemplado que era una acusación en sí mismo.

—¿Está casado, señor Mead?

—No.

—No está casado —dijo la voz policial detrás del rayo feroz. La luna estaba alta y clara entre las estrellas y las casas, silenciosas y grises.

—Nadie me quiso —dijo Leonard Mead con una sonrisa.

—¡No hable a menos que se le pida!

Leonard Mead esperaba bajo la noche fría.

—¿Tan sólo *caminando*, señor Mead?

—Sí.

—Pero no nos ha explicado con qué propósito.

—Lo expliqué: para tomar aire, y para mirar, sólo por caminar.

—¿Ha hecho esto a menudo?

—Todas las noches durante años.

La patrulla policial se instaló en el medio de la calle con su voz de radio zumbando débilmente.

—Bien, señor Mead —dijo.

—¿Eso es todo? —preguntó amable.

—Sí —dijo la voz—. Por aquí.

Hubo un soplido, un chasquido. La puerta trasera de la patrulla policial saltó, abriéndose.

—¡Entre!

—Espere un poco, ¡no he hecho nada!

—Entre.

—¡Protesto!

–Señor Mead.

Caminó como si estuviese repentinamente borracho. Al pasar frente a la ventanilla delantera de la patrulla, miró hacia adentro. Tal como había supuesto, no había nadie sentado en el asiento delantero, ni tampoco en el resto del automóvil.

–Entre.

Puso su mano en la puerta y observó el asiento trasero, que era una pequeña celda, una cárcel negra y pequeña con rejas. Olía a acero remachado. Olía a un antiséptico áspero; olía a demasiado limpio y severo y metálico. No había nada suave allí dentro.

–En todo caso, si tuviese una esposa como coartada... –dijo la voz de metal–. Pero...

–¿Adónde me llevan?

La patrulla dudó, o en todo caso hizo un chasquido tenue, un zumbido giratorio, como si en alguna parte la información estuviese cayendo, una tarjeta tras otra, ante un ojo eléctrico.

–Al Centro Psiquiátrico de Investigación en Tendencias Regresivas.

Entró. La puerta se cerró con un ruido sordo. La patrulla policial rodó a través de las avenidas nocturnas, precedida por el haz de su luz mortecina.

Un momento después pasaron ante una casa en una de las calles, una casa más dentro de una ciudad repleta de casas que estaban a oscuras; pero esta casa tenía todas las luces eléctricas encendidas, cada ventana con una luz amarilla estridente, rotunda y cálida en la fría oscuridad.

—Esa es *mi* casa —dijo Leonard Mead.

Nadie le contestó.

La patrulla descendió por el cauce seco de las calles desiertas y se alejó, y dejó las calles vacías con sus veredas vacías, sin ruido y sin movimiento por el resto de la fría noche de noviembre.

❖

William Saroyan

LA RISA *

—¿Quiere que me ría?

Se sentía solo y torpe en la clase vacía. Todos los chicos se habían ido a casa: Dan Seed, James Misippo, Dick Corcoran, todos ellos estarían caminando por las vías del ferrocarril del Pacífico Sur, riéndose y jugando, y esta idea demente de la señorita Wissig que lo irritaba cada vez más.

—Sí.

Los labios severos, el temblor, los ojos, esa melancolía tan patética.

—Pero es que no quiero reírme.

Era extraño. Todo, la vuelta de las cosas, la manera en que todo sucede.

—Ríase.

La tensión creciente, eléctrica, el modo en que ella se obstinaba en su rigor, los movimientos nerviosos de su cuerpo y de sus brazos, la frialdad que imponía, la perversidad intrínseca de esa mujer.

—Pero ¿por qué?

---

* En *El atrevido joven en el trapecio volador* (1935). La traducción es de Horacio Guido.

¿Por qué? Todo enredado, tan sin gracia y amenazador; la inteligencia paralizada, como en una trampa, sin sentido, sin significado.

—Es un castigo. Usted se rió en clase; ahora, como castigo debe reírse durante una hora seguida, usted solo, sin ayuda. Vamos, que ya ha desperdiciado cuatro minutos.

Era desagradable; no tenía ninguna gracia quedarse después de hora, que le pidiesen que se riera. Nada de eso tenía sentido. ¿De qué iba a reírse? Nadie podía reírse así, sin más. Hacía falta algo de qué reírse, algo divertido o solemne, algo cómico. Todo era más extraño por sus modales, por la manera en que ella lo miraba, su astucia. Era amenazante. ¿Qué era lo que quería de él? Y el olor de la escuela, la cera del piso, el polvo de tiza, todo olía mal; los chicos que se habían marchado, la soledad, la tristeza.

—Lamento haberme reído.

Las flores se encorvaban, avergonzadas. Se sentía miserable, no estaba simulando: *sentía* conmiseración, no por sí mismo sino por ella. Era una mujer joven, maestra suplente, y había en ella una especie de tristeza, tan lejana y tan difícil de comprender. La traía consigo cada mañana y él se había reído de eso. Era cómica: lo que decía, la manera en que lo decía, la manera en que los observaba a todos, la manera en que se movía. No había querido reírse, pero de repente se había reído y ella lo había mirado y él había mirado dentro de su rostro y, por un momento, esa vaga comunión; luego la furia, el odio en sus ojos.

—Se quedará en la escuela después de clase.

Él no había querido reírse, simplemente ocurrió, y lo lamentaba, estaba avergonzado, ella debía darse cuenta, él se lo estaba diciendo. No jugaba limpio.

—No pierda el tiempo. Empiece a reírse.

Le había dado la espalda y estaba borrando palabras del pizarrón: *África*, *El Cairo*, *las pirámides*, *la esfinge*, *Nilo*; y los números *1865*, *1914*. Pero la tensión, aun con ella de espaldas, permanecía en el aula, enfatizada por el vacío, amplificada, precisa; su voluntad y la de ella, el disgusto de ambos, uno frente al otro, adversarios: ¿por qué? Él quería ser amistoso; la mañana en que ella entró en la clase él quiso ser amistoso; lo percibió de inmediato, su desafección, la lejanía, pero ¿por qué se había reído entonces de ella? ¿Por qué todo ocurre de la manera equivocada? ¿Por qué tuvo que ser él quien la hiriese, cuando en realidad había querido ser su amigo desde el principio?

—No quiero reírme.

Desafío y a la vez lamento, el lamento vergonzoso de su voz. ¿Con qué derecho lo obligaban a destruir un sentimiento inocente? Él no había querido ser cruel; ¿no podía ella entender eso? Empezó a odiar la estupidez de esa mujer, su necedad, la obcecación de su voluntad. "No voy a reírme", pensó. "Puede llamarlo al señor Caswell y hacer que me azoten: no voy a reírme de nuevo. Fue un error. Hubiera querido llorar o cualquier otra cosa, en todo caso; no fue mi intención. Puedo soportar unos azotes que, ay, duelen, pero no como esto; he sentido la correa en mi cola y conozco la diferencia".

Pues bien, que lo azoten, ¿qué le importa? Pica y sentiría el dolor durante algunos días, pensaría en él; pero por más que insistiesen, él no iba a doblegarse: no iba a reírse.

La vio sentarse a su escritorio y mirarlo fijo y, en lugar de ponerse a gritar, ella parecía enferma o sorprendida y la misericordia subió a su boca de nuevo, esa piedad nauseabunda por ella y ¿por qué se hacía tanto problema por una maestra suplente que en verdad le gustaba, no una maestra vieja y fea sino una joven bonita que había estado amedrentada desde el principio?

—Por favor, ríase.

Y qué humillación, ya no ordenándole, rogándole ahora que se riese cuando él no quería hacerlo. ¿Qué era, honestamente, lo que debía hacer, qué era lo correcto? ¿Qué debía hacer, por su propia voluntad, no por accidente, como suceden los malentendidos? Y ¿qué era lo que ella buscaba? ¿Qué placer obtenía ella al escucharlo reírse? Qué mundo estúpido, los sentimientos extraños de la gente, el disimulo, cada persona escondida dentro de sí misma, queriendo algo y siempre consiguiendo algo diferente, queriendo dar algo y siempre dando otra cosa distinta. Pues bien, iba a hacerlo. Iba a reírse, no para sí mismo sino para ella. Aunque lo lastimase, iba a reírse. Quería saber la verdad, ver cómo era. Ella no estaba *haciéndolo* reír, estaba *pidiéndoselo, rogándole* que riese. Él no sabía cómo era, pero quería saberlo. Pensó: "Quizás se me ocurra una historia graciosa" e intentó recordar todos los cuentos chistosos que había escuchado alguna vez, pero era muy extraño, no podía recordar ni uno solo. Y las demás cosas graciosas, como el modo de caminar de Annie Gran; puf, ya no era más gracioso. Y Henry Mayo burlándose de Hiawatha[1], diciendo las líneas cambiadas; tampoco era gracioso. Eso solía hacerlo reír hasta que su cara se ponía roja y perdía el aliento, pero ahora se había convertido en algo muerto y sin interés, *por las vastas aguas del mar, por las vastas aguas del mar, venía el poderoso*, ya no tenía gracia. No podía reírse de eso, ¡mi Dios! Pero entonces iba a reírse, así, sencillamente, con una risa cualquiera, actuaría, ja, ja, ja. Dios, era difícil lo que siempre le había resultado más fácil y ahora no podía siquiera sacar una risita falsa.

De algún modo empezó a reírse, y se sintió avergonzado y molesto. Temía mirarla a los ojos; por eso levantó la vista hacia el reloj e intentó seguir riéndose; era sorprendente pedirle a un muchacho que se riese de nada durante una hora, rogarle que se riese sin darle un motivo. Pero él lo haría, quizá no durante una hora, pero de todos modos lo intentaría; algo haría. Lo más gracioso era la voz, el falsete de su risa, y después de un rato llegó a ser realmente graciosa, algo cómico, y lo hizo feliz porque lo hacía reír de veras, y ahora se estaba riendo de verdad, con todo su aliento, con toda su sangre, riéndose de la falsedad de su risa, mientras la vergüenza desaparecía porque su risa no era falsa, era la verdad y el aula vacía estaba colmada por su risa y todo parecía estar bien, todo era espléndido, y habían pasado dos minutos.

---

[1] Hiawatha ("el hacedor de ríos") era el jefe legendario de los onondagas, tribu aborigen de los Estados Unidos.

Y empezó a pensar en las cosas verdaderamente cómicas que hay en todas partes, en la ciudad, la gente que camina por las calles, intentando parecer importante, pero él sabía, no podían engañarlo, sabía hasta dónde eran importantes, y el modo en que conversaban, grandes negocios, y todo ello de manera solemne y vacua, y eso lo hacía reír; y pensó en el predicador de la iglesia presbiteriana, la manera falsa en que rezaba, *Oh, Señor, hágase tu voluntad*, y nadie creía en plegarias, y la gente importante con grandes automóviles, Cadillacs y Packards, yendo y viniendo a toda velocidad como si tuviesen algún lugar a donde ir, y los conciertos de la banda del pueblo, toda esa basura lo hacía reír con ganas, y los muchachos persiguiendo a las muchachas en celo, y los tranvías yendo de un lado a otro de la ciudad nunca con más de dos pasajeros, eso era gracioso, esos grandes autos que transportaban a una vieja dama y a un señor con grandes bigotes; y se rió hasta perder el aliento y su cara se puso roja y de pronto toda la vergüenza desapareció y él se reía y miraba a la señorita Wissig y entonces ¡zas!: lágrimas en sus ojos. Por el amor de dios, no había estado riéndose de ella. Él se estaba riendo de todos esos imbéciles, de las idioteces que hacían día tras día, de su falsedad. Era exasperante. Siempre tratando de hacer las cosas bien y siempre, por algún motivo, todo salía mal. Quería saber por qué, conocerla, su interioridad, su parte secreta, y se había reído para ella, no por placer; y allí estaba ella, temblando, con los ojos húmedos mientras las lágrimas se escurrían por las mejillas, su rostro agónico, mientras él seguía riéndose de furia y de ansiedad y de profunda decepción, y se reía de todo lo patético que puebla el mundo, de aquello de lo que las buenas gentes se ufanan, de los perros extraviados en las calles, de los caballos cansados a los que azotan, tambaleantes, de los tímidos que son embestidos por los obesos y los crueles, los grasientos por dentro, pomposos, y de los pájaros pequeños muertos en las veredas, y de los malentendidos por todas partes, el conflicto eterno, la crueldad, las cosas que hacen del hombre un ser maligno, una criatura vil, y la furia transformaba su risa y las lágrimas llegaban a sus ojos. Ambos en el aula vacía, ambos expuestos en su soledad y en su aturdimiento, hermano y hermana, ambos aspirando a la misma vida limpia y decente, ambos queriendo compartir la verdad del otro y, sin embargo, de alguna manera, ambos ajenos, remotos y solos.

La oyó sofocar un sollozo y entonces todo se invirtió, y era él quien lloraba, con un llanto franco y verdadero, como un bebé, como si hubiese sucedido realmente algo, y ocultó la cara entre los brazos, y su pecho jadeaba y él pensaba en que no quería vivir; si así eran las cosas, prefería estar muerto.

No supo cuánto lloró; y de pronto se dio cuenta de que ya no lloraba ni reía más y de que la habitación estaba muy calma. Qué vergüenza. Temía levantar la cabeza y mirar a la maestra. Era desagradable.

—Ben.

La voz calma, pacífica, grave; ¿cómo podría mirarla de nuevo a los ojos?

—Ben.

Levantó la cabeza. Los ojos de ella estaban secos y su cara parecía más brillante y más hermosa que nunca.

—Por favor, sécate los ojos. ¿Tienes un pañuelo?

—Sí.

Secó la humedad de sus ojos y se sonó la nariz. Cuánta enfermedad en el mundo. Cuánta desolación.

—¿Cuántos años tienes, Ben?

—Diez.

—¿Qué es lo que vas a hacer? Quiero decir...

—No lo sé.

—¿Tu padre?

—Es sastre.

—¿Te gusta este lugar?

—Mmsí, eso creo.

—¿Tienes hermanos, hermanas?

—Tres hermanos, dos hermanas.

—¿Alguna vez pensaste en irte? A otras ciudades...

Era sorprendente: le hablaba como si él fuese un adulto, penetraba en su intimidad.

—Sí.

—¿Dónde?

—No lo sé. Nueva York, supongo. La madre patria, quizá.

—¿La madre patria?

—Milán. La ciudad de mi padre.

—Ah.

Quería preguntarle acerca de ella, dónde había estado, adónde iba; quería ser como un adulto, pero tenía miedo.

Ella fue hasta el guardarropa y volvió con su abrigo, su sombrero y su cartera, y comenzó a ponerse su abrigo.

–No voy a venir mañana. La señorita Shorb ya está bien. Me voy.

Él se sentía muy triste, pero no se le ocurría nada que decir. Ella se abrochó el cinturón del abrigo y se calzó el sombrero mientras sonreía, ¡mi Dios!, qué mundo este, primero lo hacía reír, luego lo hacía llorar y ahora esto. Y entonces sintió su soledad. ¿Adónde se iba ella? ¿La volvería a ver otra vez?

–Ya puedes irte, Ben.

Y ahí estaba él, mirándola, sin ganas de irse, ahí estaba él con ganas de sentarse y mirarla. Se levantó con lentitud y fue hasta el guardarropa por su gorra. Caminó hasta la puerta, abrumado por la soledad, y se dio vuelta para mirarla por última vez.

–Adiós, señorita Wissig.

–Adiós, Ben.

Y luego estaba corriendo a toda velocidad, cruzando el jardín del colegio, y la joven maestra suplente parada en el patio, siguiéndolo con la mirada. Él no sabía qué pensar, solo sabía que estaba muy triste y que temía volverse y comprobar que ella lo estaba mirando. Pensó: "Si me apuro quizás alcance a Dan Seed y a Dick Corcoran y a los demás, y quizás llegue a tiempo para ver la partida del tren carguero". Bueno, de todos modos nadie lo sabría. Nadie sabría nunca lo que había pasado y cómo se había reído y llorado.

WILLIAM SAROYAN

Hizo a la carrera todo el camino por las vías del ferrocarril del Pacífico Sur, y todos los chicos ya se habían ido, y el tren se había ido y él se sentó debajo de los eucaliptos. El mundo entero, un desastre.

Entonces empezó a llorar otra vez.

❖

Manos a la obra

El motivo del doble

1. Entre los antiguos mitos del Japón, aparece la historia de la diosa del sol, recreada en el texto de Enrique Anderson Imbert. Un simple espejo basta a los dioses para generar curiosidad y sospechas sobre esta diosa. Gracias a él, Amaterasu, que tiene poder como para dejar el mundo entero a oscuras, es impelida a salir de su retiro. La diosa Uzume le toca el amor propio al decirle: "[...] hay una diosa que es más refulgente que tú". Amaterasu no se reconoce a sí misma en el espejo y sale de la cueva maravillada, dispuesta a conocer a su doble, es decir, a ese otro personaje idéntico a sí misma.

1.1. Anoten los nombres de cuentos, novelas, películas, dibujos animados que recuerden, en los que aparezca un personaje que tiene un doble.

1.2. Además del espejo, ¿qué otros elementos o situaciones pueden producir un doble en un relato?

1.3. Si tuvieran un doble de carne y hueso, y se encontraran con él o ella, ¿qué lugar y momento elegirían para narrar un encuentro de esta clase? Descríbanlos.

1.4. Redacten tres preguntas que le harían a su doble. Intercámbienlas con las de un compañero. Cada uno responderá a las preguntas que recibió, imaginando que es su propio doble quien las hace.

1.5. ¿Qué sentimiento les despertaría el encuentro? ¿Miedo, alegría, enojo, curiosidad, asombro...? ¿Por qué?

Mitos que tienen cosas en común

2. El mito griego de Orfeo y Eurídice puede ser comparado con el mito recreado por Eduardo Galeano en "La muerte". Léanlo con atención[1] y luego, respondan a las preguntas que siguen.

---

[1] Encontrarán una version más extensa en *Mitos Clasificados 1*, de esta colección.

> Orfeo baja a los Infiernos en busca de Eurídice, su amada muerta. Las puertas de este lugar están cerradas para los vivos. Orfeo ejecuta la lira magistralmente y canta con tal dulzura, que consigue encantar a los monstruos y a los dioses infernales, Hades y Perséfone. Ante tantas pruebas de amor, estos le dan permiso para llevarse a su amada otra vez al reino de los vivos. Sólo le imponen una condición: Orfeo debe retornar a la luz del día, seguido de su esposa, sin volverse a mirarla ni una sola vez. Él acepta y emprende el camino. Cuando ha llegado casi a la luz del sol, lo asalta una terrible duda. ¿Y si Perséfone se ha burlado de él? ¿Eurídice lo sigue realmente? Se da vuelta. Entonces, Eurídice se desvanece y muere por segunda vez. Orfeo trata de recuperarla nuevamente, pero esta vez se le impide la entrada al mundo infernal. Desconsolado, debe regresar solo al mundo de los humanos.

2.1. ¿Quiénes son los personajes en cada mito?

2.2. ¿Quién muere en cada historia?

2.3. ¿Es semejante el sentimiento que une a cada pareja de personajes ¿Por qué?

2.4. ¿Qué objetivo persiguen los protagonistas en cada caso?

2.5. ¿A qué lugar se dirigen?

2.6. ¿Qué medios utilizan para conseguir lo que buscan?

2.7. ¿Fracasan? ¿Qué sentimientos los llevan a ese fracaso?

2.8. ¿Adónde deben retornar?

3. Los mitos pueden entenderse como respuestas a las preguntas más importantes del hombre. ¿Qué sentimientos humanos ante la muerte aparecen "explicados" por medio de estos dos?

Relatos con enseñanza

4. Podemos considerar "La historia del quinto hermano del barbero" como un cuento con intención didáctica, es decir que se narra para transmitir un consejo, un ejemplo, una enseñanza. Muchos cuentos

didácticos concluyen con una moraleja en la que se enuncia una enseñanza. La moraleja puede estar redactada en lenguaje llano o adoptar la forma de un refrán. ¿Cuál de las siguientes sentencias responde con mayor exactitud a la enseñanza del cuento? ¿Por qué?

- *No construyas castillos en el aire.*
- *No sueñes despierto.*
- *No creas en gigantes con pies de barro.*

5. Escriban una nueva versión de la historia, cambiando el personaje principal, el objeto que este vende y las circunstancias de la venta. También deberán modificar el monólogo en el que el protagonista desarrolla sus fantasías. Seleccionen con cuidado el objeto por vender: recuerden que tanto la mercancía como el recipiente en el que se la transporta se caracterizan por su fragilidad.

6. De la lectura del texto podemos imaginar el tipo de relación entre hombre y mujer que era propio del mundo en el que se creó esta historia. Rescriban humorísticamente la escena del encuentro del barbero con la mujer. El hermano se deberá comportarse igual que en el cuento, mientras que las mujeres (madre e hija) actuarán tal y como lo harían ustedes (si las que escriben son chicas) o una chica que ustedes imaginen (si los que redactan son varones).

6.1. Dramaticen la escena que han creado.

Una nueva versión de "El aprendiz de brujo"

7. La versión libre de este relato tradicional, realizada por Enrique Anderson Imbert, está escrita en tiempo presente, no en pasado como suelen narrarse este tipo de cuentos.

7.1. Vuelvan a escribir este relato, pero en tiempo pasado. Agreguen los circunstanciales de tiempo necesarios. Estas primeras oraciones van a modo de ejemplo:

Versión en presente:

> *Páncrates es un mago de Menfis que **aprendió** su magia viviendo veinticuatro años en el centro de la tierra. **Invita** a Éucrates a viajar juntos. Éucrates **observa** que cada vez que **llegan** a una posada el mago **toma** una maja de mortero, o una escofina, o una aldaba de la puerta, la **envuelve** en un paño, **pronuncia** unos versos misteriosos y **he** aquí que la cosa se **transforma** en hombre.*

Versión en pasado:

> *Páncrates era un mago de Menfis que **había aprendido** su magia viviendo veinticuatro años en el centro de la tierra. Cierta vez **invitó** a Éucrates a viajar juntos. Éucrates **observaba** que cada vez que **llegaban** a una posada el mago **tomaba** una maja de mortero, o una escofina, o una aldaba de la puerta, la **envolvía** en un paño, **pronunciaba** unos versos misteriosos y he aquí que la cosa se **transformaba** en hombre.*

Moralejas desviadas

8. Escriban moralejas absurdas para "El aprendiz de brujo", como si las dijera un lector o un oyente que no ha podido entender la historia. Por ejemplo:

No inundes el hotel donde te alojas si no sabes nadar.

La facha del diablo

9. Pinten o dibujen retratos del diablo tal cual ustedes lo imaginan, y organicen un mural para exponerlos.

10. Rastreen en enciclopedias, libros de arte y películas, distintas imágenes del diablo a través de la historia. Observen las semejanzas y diferencias entre esas imágenes y la presentada por los relatos de esta antología.

11. ¿Qué disfraz adopta el diablo en cada cuento de esta antología? Señalen, si lo hay, algún indicio del verdadero aspecto del diablo que asoma a pesar del disfraz.

El hombre y el diablo

12. **Conversen entre todos.**
12.1. ¿En qué situación social y económica se encuentra el hombre que pacta con el diablo en "El soldado Sonajera" y en "Un pacto con el diablo"?
12.2. ¿Por qué será que el diablo se acerca a personas en esta situación?
12.3. Describan las características de los lugares donde se producen los encuentros. ¿Qué relación hay entre la expresión "desvío del camino principal" y el hecho de encontrarse con el diablo?
12.4. ¿Qué ofrece el diablo a cambio del alma en cada cuento? ¿Cómo se cierra el pacto?
12.5. ¿Quién vence, el hombre o el diablo?

Dos en uno

13. "Un pacto con el diablo" de J. J. Arreola es un cuento *moderno* que retoma un tema de un cuento *tradicional*. Su estructura es de caja china: un cuento encierra a otro. El *cuento 1* encierra al cuento 2. En el cuento 1 un hombre pobre se encuentra con otro (que resulta ser el diablo) en el cine y se ponen a conversar sobre la película. La película es el *cuento 2*, una historia tradicional en la que un hombre pobre pacta con el diablo. Así tenemos dos diablos y dos hombres pobres, unos corresponden al mundo actual; los otros, al ámbito de los cuentos tradicionales.
13.1. ¿Cómo influye la película en el personaje del cuento 1? ¿Por qué el diablo no quiere que el hombre vea el final de la película?

Un diablo difícil de identificar

14. En las primeras páginas del cuento de Arreola creemos que el protagonista se encuentra con el diablo y mantiene con él una charla cordial. Sin embargo, al llegar al final de la historia, se nos plantea una duda: ¿efectivamente ocurrió el encuentro?; el hombre con el que habló el protagonista en el cine ¿era verdaderamente el diablo?

14.1. Anoten las razones que les hacen pensar que es así y las que les hacen pensar que no lo es.

El anecdotario

15. "Tomillo aprende a ser guanaco" se basa en una anécdota narrada por un guardaparque. Las anécdotas son relatos de momentos interesantes, extraordinarios, o que por algún motivo nos resultan dignos de ser contados. En la conversación cotidiana, generalmente aparecen anécdotas que se narran por motivos diferentes: para "mandarse la parte" (se cuenta una anécdota en la que uno actúa de un modo inteligente, valiente, bondadoso), para hacer reír a los demás, para conmoverlos. Las anécdotas suelen tener la siguiente estructura: un marco (tiempo, espacio, época en la que se desarrollan los hechos), el planteo de un conflicto, su resolución.

15.1. Reúnan anécdotas de los próceres de la historia argentina. Busquen el material en revistas para chicos, en libros de historia, en manuales o libros de lectura. ¿Qué imagen de estos personajes históricos construyen las anécdotas que leyeron?

15.2. La anécdota de Tomillo corresponde a otra colección: aquella que tiene a los animales, generalmente a mascotas, como protagonistas de los relatos. Resuman muy brevemente el conflicto narrado en la anécdota de Tomillo.

15.3. Redacten una colección de anécdotas de animales. Ilústrenla.

Contar sin decir

16. Con palabras un poco difíciles, "El eclipse" de Augusto Monterroso relata una historia muy simple que se puede resumir así:

> *Un fraile español se pierde en medio de la selva de Guatemala. Se queda*
> *dormido. Al despertar se encuentra rodeado por un grupo de indígenas*
> *que se preparan para sacrificarlo. El fraile recuerda que ese día ha de*
> *ocurrir un eclipse solar. Amenaza a los indígenas con oscurecer al sol si*
> *lo matan. Los indígenas lo matan en un sacrificio. Un indígena recita*
> *todas las fechas en que han de ocurrir eclipses solares y lunares.*

16.1. Al dejar "huecos", momentos que no se relatan, el narrador nos
obliga a completar esos espacios con nuestra imaginación.
¿Cuánto tiempo durmió el fraile? ¿Unas horas, una noche, un
día entero? ¿Por qué no oyó a los indios que se acercaban?

16.2. Señalen el momento en que muere el fraile. ¿Qué palabras lo
indican? ¿Cuánto tiempo duró el sacrificio?

16.3. En este segundo caso, lo que se deja sin contar es una parte
fundamental del cuento. El narrador decidió pasarla por alto,
no quiso describir los detalles de un sacrificio humano. Sin
embargo, cada lector puede reconstruir esos detalles con su
imaginación. Describan el sacrificio del fraile.

16.4. Investiguen el tema de los sacrificios humanos en la cultura maya y comparen la descripción que ustedes han hecho con la que
presentan los libros consultados.

¿Quién cuenta?

17. El narrador puede adoptar distintos puntos de vista, que son
como diferentes lugares desde donde mira y escucha las cosas
que narra. En el caso de "El eclipse", el narrador acompaña al

protagonista, fray Bartolomé Arrazola, muy de cerca. Nos cuenta todo lo que ocurre según como lo ve y escucha el fraile (lo que el fraile no ve ni escucha no lo relata). También describe sus pensamientos y sentimientos. Sin embargo, en un momento del relato, el narrador traiciona este punto de vista y nos cuenta hechos que el fraile no puede ver ni oír. ¿Por qué?

17.1. Señalen el párrafo en el que el narrador se aleja del protagonista.

Dice *él*, pero piensa como *yo*

18. "En defensa propia", de Fernando Sorrentino, es un cuento en el que el narrador, además de relatar la historia, participa en ella, es decir, es un personaje. El que cuenta dice "yo"; a él le ocurrieron las cosas que relata. Se lo llama *narrador en primera persona*. El narrador de "El soldado Sonajera", en cambio, está fuera de la historia. Se lo llama *narrador en tercera persona* y no se corresponde con ningún personaje. ¿Qué ocurre con el narrador de "El eclipse"? Aquí hay una pequeña trampa. El narrador dice "fray Bartolomé se sintió perdido", pero podría tranquilamente decir "yo me sentí perdido". Es que el narrador acompaña tan de cerca al personaje que sabe todo lo que le ocurre, siente y piensa. En este caso, se trata de un narrador "pegado" a la primera persona.

18.1. Vuelvan a escribir la historia de "El eclipse", pero esta vez fray Bartolomé debe decir "yo". Por ejemplo: *Cuando yo, fray Bartolomé Arrazola, me sentí perdido acepté que ya nada podría salvarme. La selva poderosa de Guatemala me había apresado, implacable y definitiva. Ante mi ignorancia topográfica, me senté con tranquilidad a esperar la muerte [...]*

18.2. Relean el cuento con la transformación realizada. ¿Ha variado mucho o poco? ¿Qué pasa con el último párrafo? ¿Pueden narrarlo en primera persona? ¿Por qué?

¿Quién sabe más?

19. Según lo que leemos en las frases que siguen, podemos darnos cuenta de que el fraile de "El eclipse" se considera a sí mismo una persona culta y de talento:

Entonces floreció en él una idea que tuvo por digna de su talento y de su cultura universal y de su arduo conocimiento de Aristóteles. Recordó que para ese día se esperaba un eclipse total de sol.

19.1. Pero... ¿qué opina el fraile de los indígenas que lo rodean? En las citas que siguen hay varias palabras que nos permiten reconstruir esa opinión. Señálenlas.

Y dispuso, en lo más íntimo, valerse de aquel conocimiento para engañar a sus opresores y salvar la vida. [...]
Los indígenas lo miraron fijamente y Bartolomé sorprendió la incredulidad en sus ojos. Vio que se produjo un pequeño consejo, y esperó confiado, no sin cierto desdén.

19.2. Investiguen en libros de historia acerca de los conocimientos de astronomía que tenían los españoles y los mayas en la época del relato, alrededor del 1500. ¿Quién sabía más? ¿La resolución del cuento coincide con lo que ustedes investigaron respecto del saber de los mayas?

Otro final para la misma historia

20. Comparen el cuento de Monterroso con el fragmento de la historieta de Tintín, que encontrarán en la página que sigue. Tintín es un personaje creado por el dibujante belga Hergé, alrededor de 1940. El personaje y su perro Milú tienen diversas aventuras en distintos lugares del mundo. En el episodio que presentamos a continuación, Tintín se enfrenta a un rey Inca en el Perú. Estos cuadros corresponden al momento del desenlace de la historia.

Hergé. *Las aventuras de Tintín. El templo del sol.* Barcelona, Juventud, 1993, pp. 58-59.

20.1. En la oposición *saber europeo* versus s*aber indígena* ¿cuál de los dos es superior? Completen las frases siguientes.

• *En el relato de Monterroso:*..
• *En el relato de Tintín:*..

20.2. ¿Podemos decir que uno de los dos relatos es prejuicioso respecto de los indígenas? ¿Cuál de ellos? ¿Por qué?

¡Qué cuento raro!

21. "En defensa propia" es un cuento raro. Al principio parece la historia común de una relación entre vecinos. En un momento, nos resulta exagerada; sin embargo, se siguen relatando situaciones posibles, creíbles. Hasta que el relato se vuelve "loco" y todo lo que cuenta resulta cada vez más absurdo.

21.1. Señalen a partir de qué situación el cuento se vuelve "loco". Expliquen por qué eligieron ese momento.

21.2. ¿Por qué los regalos y las atenciones se vuelven una amenaza?

22. ¿Qué es lo que hace avanzar a este cuento? Podemos decir que el avance del relato se da gracias a la *exageración* o a la *amplificación*. Cada escena, cada respuesta es más exagerada que la precedente. Por ejemplo: cada regalo es más grande y más costoso que el anterior. Cada disculpa, más exagerada. Cada gesto, más amable y más cortés; cada invitación, más formal. En ese sentido, el cuento no tiene fin. Si continuara con esa estructura sería un cuento de nunca acabar.

22.1. Si leen con atención, verán que la *exageración* está presente desde el principio, no sólo a nivel de las acciones sino también en las palabras que se emplean. marquen las exageraciones que aparecen en el texto.

22.2. Investiguen a qué se llama *grado superlativo* del adjetivo y cómo se relaciona ese significado con este cuento.

22.3. Señalen todos los adjetivos en grado superlativo que encuentren, por ejemplo: "pequeñísimo".

22.4. Anoten todos los sinónimos de la palabra *grande* que encuentran en el cuento, por ejemplo: "desmesurado".

22.5. Escriban todas las palabras que, por su significado, se pueden asociar a *lindo*, por ejemplo: "esplendorosa".

23. **En el cuento aparecen algunas frases hechas, como las que se transcriben a continuación. Expliquen por qué su significado se relaciona con la exageración. La primera va de ejemplo: "mi hijo mayor es un diablo": el padre no dice que su hijo, simplemente, es "travieso", sino el "diablo", es decir, el peor, el más travieso de todos.**

- *piden mil disculpas*
- *cargado como una mula*
- *nos trataron como a reyes*
- *una torta descomunal que hubiera alcanzado para todos los soldados de un regimiento*

23.1. Hagan una lista de otras frases hechas de uso habitual, construidas para sugerir exageración. Por ejemplo: "Es más rápido que el rayo".

24. **Otro recurso que refuerza la exageración son las *construcciones paralelas*. Por ejemplo: *Extenuado por las migraciones, ahíto por el exceso de comida, embriagado por el vino y el coñac, aturdido por la emoción de la amistad*. Para percibir el paralelismo, podemos transcribir el ejemplo así:**

Extenuado	por	las migraciones,
ahíto	por	el exceso de comida,
embriagado	por	el vino y el coñac,
aturdido	por	la emoción de la amistad.

24.1. Al igual que los regalos entre los Hofer y los Sorrentino, algunas construcciones paralelas son como una especie de máquina de palabras que puede continuar funcionando interminablemente. Hagan la prueba. Continúen esta serie. En las primeras frases se les proporciona una parte. Luego agreguen dos frases inventadas por ustedes.

Extenuado	por	las migraciones,
ahíto	por	el exceso de comida,
embriagado	por	el vino y el coñac,
aturdido	por	la emoción de la amistad.
Alegre	por	....
intranquilo	por	....
....	por	los gastos realizados.

24.2. Esta es la transcripción de otras dos construcciones paralelas que se encuentran en el cuento. Vuelvan a escribirlas de modo que sea evidente el paralelismo.

Si mantenía abiertos los ojos, me ardían; si los cerraba, me quedaba dormido. Los Hofer, con su charla hecha sobre todo de disculpas y zalamerías, no lograban interesarme. Juan Manuel y Guillermito, con sus juegos hechos sobre todo de carreras, golpes, gritos y destrozos, lograban alarmarme.

La exageración y la publicidad

25. La exageración es un recurso muy utilizado en la publicidad.

25.1. Miren comerciales televisivos durante una semana. Seleccionen aquel que utiliza la exageración como recurso.

25.2. Redacten la historia o situación presentada por el comercial.

25.3. Expliquen en pocas líneas para qué sirve la exageración en ese caso: por ejemplo, cómo promociona el producto que se publicita.

25.4. Vuelvan a mirar los comerciales de la tele y anoten en cada caso qué valores aparecen exagerados. Por ejemplo: la belleza, la felicidad, la juventud, la limpieza, etcétera.

25.5. Señalen de qué modo se realiza esa exageración en cada caso. Por ejemplo, se exagera la belleza presentando solamente personas muy hermosas que usan el producto que se publicita.

25.6. Preparen un afiche publicitario utilizando el recurso de la exageración.

Una ciudad muerta

26. En "El peatón", Leonard Mead parece ser el único sobreviviente de una ciudad muerta. Silencio y soledad acompañan sus paseos durante años. Dice el cuento: "En su camino podía ver las casas con las ventanas oscuras, y no era diferente de atravesar un cementerio [...]" Esta comparación con el cementerio se desarrolla a lo largo de todo el cuento.

26.1. Completen la red de palabras con otras cuyo significado se relacione con *cementerio*.

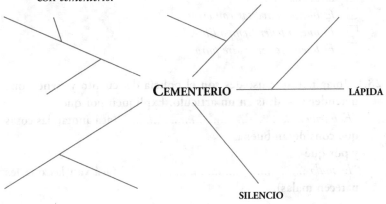

CEMENTERIO — LÁPIDA

SILENCIO

26.2. Subrayen en el cuento todas las palabras o frases relacionadas con *cementerio* que encuentren.

26.3. Rodeen con un círculo de color las palabras de su red que también se hallan en el cuento.

26.4. Completen sus redes con las palabras del cuento que no habían anotado y con las de las redes de otros compañeros.

27. ¿Por qué todos los habitantes de la ciudad están como muertos? ¿Qué objeto tienen en sus casas que le falta, justamente, a la de Leonard Mead, el único peatón?

28. Aunque el policía no dice directamente qué está bien y qué está mal, podemos deducirlo si leemos atentamente el breve interrogatorio y observamos las consecuencias que este trae aparejadas. Marquen con una X la respuesta correcta para el policía del cuento.

☐ *Es bueno mirar televisión.*
☐ *Es bueno caminar.*
☐ *Es bueno tomar contacto con la gente.*
☐ *Es bueno vivir solo.*
☐ *Es bueno imaginar.*
☐ *Es bueno leer.*
☐ *Es bueno conversar con otros.*
☐ *Es bueno tener tiempo libre.*
☐ *Es bueno respirar aire puro.*

28.1. Imaginen que ustedes son el policía del cuento y tienen que defender sus ideas en un artículo. Expliquen por qué
"*Es bueno* ...." (acá anotan las cosas que consideran buenas)
y por qué
"*Es malo* ...." (acá van las que les parecen malas).

Sus propias ideas

29. Relean las respuestas del punto 28 que marcaron con una X.

29.1. Ahora escriban un texto explicando qué es bueno y qué es malo para ustedes. Justifiquen por qué tienen esas opiniones. Den ejemplos, cuenten anécdotas, anoten lo que piensan otras personas para fundamentar y fortalecer sus propias ideas.

Juicio a la televisión

30. En el cuento se culpa a la televisión de la "muerte" de la ciudad.

Todo ocurría ahora por las noches en las casas sepulcrales, pensó, siguiendo con su fantasía. Las tumbas, iluminadas por la luz enfermiza de la televisión, allí donde las gentes se sentaban como si estuviesen muertas, con las luces grises o multicolores tocándoles las caras, pero nunca tocándolas de verdad a ellas.

30.1. ¿La televisión es culpable o inocente? Formen grupos para organizar un juicio que resuelva el caso. Cada uno cumplirá distintos roles.

- *Fiscal:* acusa a la televisión de la muerte de la ciudad.
- *Abogado defensor:* defiende a la televisión.
- *Jurado:* evalúa los dos alegatos y da el veredicto (inocente o culpable).
- *Juez:* dicta la sentencia.

30.2. El juicio tiene tres momentos. En el primero, el fiscal y el abogado defensor leen sus alegatos. En el segundo, el jurado discute sobre los alegatos que ha escuchado y da su veredicto. Por último, el juez dicta la sentencia final.

30.3. Cada grupo debe escribir un texto en el que adopte una posición sobre los efectos que produce la televisión. En él tienen que fundamentar su opinión con explicaciones, ejemplos, citas de personas autorizadas (maestros, psicólogos, periodistas, sociólogos, etcétera).

¿Quién narra en "La risa"?

31. Marquen con una X la respuesta correcta.

En "La risa" el narrador:
☐ está en primera persona y es un personaje;
☐ está en tercera persona y no es un personaje;
☐ está en tercera persona, "pegado" al protagonista.

32. El narrador expresa los pensamientos del personaje protagonista. Subrayen en el texto dos fragmentos que lo confirmen.

33. ¿Cuáles son las acciones más importantes en este cuento?

34. ¿El narrador se ocupa más extensamente de presentar las acciones o los pensamientos? ¿Por qué les parece que es así?

35. ¿En qué otro cuento de la antología aparece ampliamente desarrollado el pensamiento de un personaje?

36. El relato sólo nos ofrece el punto de vista de Ben; lo que piensa la señorita Wissig, en cambio, es un misterio. ¿Piensa en Ben? ¿Piensa que debe dejar la escuela? ¿Piensa en otra cosa? Imaginen la historia de la señorita Wissig y redacten un monólogo en la que esta exprese sus sentimientos.

❖

Cuarto de herramientas

Los escritores se presentan con sus propias palabras

ENRIQUE ANDERSON IMBERT

"El cuento es un palacio de palabras donde se encuentran el escritor y el lector[1]".

Nació en 1910, en la Argentina, y murió en 2000. Escribió libros de cuentos: *El anillo de Mozart, El gato de Chesire, El mentir de las estrellas* son algunos de ellos. Y publicó dos importantes libros teóricos: *Historia de la literatura hispanoamericana* y *Teoría y técnica del cuento.*

---

[1] En Lauro Zavala (editor). *Teorías del cuento III.* Méjico, Unam, 1996.

EDUARDO GALEANO

"Yo fui un pésimo estudiante de historia. Las clases de historia eran como visitas al Museo de Cera o a la Región de los Muertos. El pasado estaba quieto, hueco, mudo [...] Ojalá Memorias del fuego *pueda ayudar a devolver a la historia el aliento, la libertad y la palabra*[2]*".*

Nació en Montevideo, Uruguay, en 1940. Su nombre completo es Eduardo Hughes Galeano. Publicó varios libros, entre ellos, *La canción de nosotros, Días y noches de amor y de guerra* y *Las venas abiertas de América Latina.*

---

[2] Eduardo Galeano. *Memorias del fuego I.* Buenos Aires, Siglo veintiuno, 1996.

JUAN JOSÉ ARREOLA

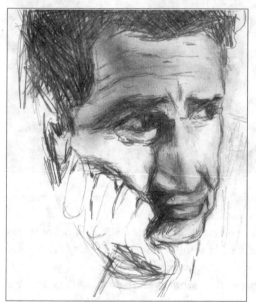

"Creo en el ángel de la inspiración. Creo en un movimiento interior. Creo en una plenitud. Creo en que me llena como a un vaso un licor que viene de otros lugares, y que me sale por la boca y los ojos en forma de palabras o lágrimas, y me eriza los cabellos. Entonces estoy henchido. Y naturalmente eso no tiene una vía normal de comunicación y tiene que ser la versión sobre papel[3] ".

Nació en 1918, en Méjico y murió en 2001. Algunos de sus libros son *Confabulario, La feria, Palindroma.*

---

[3] En Lauro Zavala (editor). *Teorías del cuento III*. Méjico, Unam, 1996.

HEBE SOLVES

"*Desde hace algunos años, viajo a los Parques Nacionales en busca de temas y aventuras para escribir cuentos inspirados en la rea-lidad.*

Siempre me interesó la vida en la naturaleza –uno de mis libros, que además ilustré, es El muelle de la sombra verde *y habla de la vida en el Delta–. Como escritora de literatura infantil, solía recurrir a lo maravilloso y lo fantástico. En mis nuevas narraciones, como "Tomillo aprende a ser guanaco", practico el periodismo-ficción: los relatos cuentan aventuras sucedidas, referidas por los protagonistas*".

Nació en Buenos Aires, en 1935. Escribió varios libros para niños: *Cuentos casi reales, Pedacitos de tiempo, Volvete a casa dorado* son algunos de ellos. También escribió libros de poesía como *En lugar del piano, Sombra ajena* y *Fruta de invierno.*

FERNANDO SORRENTINO

"De tanto leer cuentos y novelas, algo aprendí: la literatura narrativa es un infinito bosque encantado donde resulta innecesario (y hasta perjudicial) que las historias sean verdaderas: lo eficaz es que sean verosímiles. Al fin y al cabo, el oficio de contar no es otra cosa que saber mentir de manera creíble".

Nació en Buenos Aires, en 1942. Algunos de sus libros son *La regresión zoológica, En defensa propia, Sanitarios centenarios*. También publicó un libro de conversaciones con Borges y otro con Bioy Casares.

AUGUSTO MONTERROSO

"Uno es dos: el escritor que escribe (que puede ser malo) y el escritor que corrige (que debe ser bueno). A veces, de los dos no se hace uno. Y es mejor todavía ser tres, si el tercero es el que tacha sin siquiera corregir...[4]".

Nació en Tegucigalpa, Honduras, en 1921. A los cinco años su familia se estableció en Guatemala. Su nombre completo es Augusto Monterroso Bonilla. Algunos de sus libros son *La oveja negra y demás fábulas, Movimiento perpetuo, La palabra mágica.*

---

[4] Augusto Monterroso. *La letra e.* Méjico, Ediciones Era, 1987.

RAY BRADBURY

"¿Qué podemos aprender los escritores de las lagartijas? En la rapidez está la verdad. Cuanto más pronto se suelte uno, cuato más deprisa escriba, más sincero será[5]".

Nació en 1920, en los Estados Unidos. Escribió varios libros de ciencia ficción. Entre los más conocidos se encuentran: *Crónicas Marcianas, Las doradas manzanas del sol, Fahrenheit 451.*

---

[5] En Lauro Zavala (editor). *Teorías del cuento III.* Méjico, Unam, 1996.

WILLIAM SAROYAN

"Si los detalles de unas pocas cosas son transmitidos como verdaderos, y si la realidad de un hombre es narrada como una crónica verdadera aunque poco importante, podemos decir que hay arte, el cual a menudo es más verdadero que la historia y siempre más satisfactorio que los hechos y las estadísticas[6]".

Nació en los Estados Unidos en 1908 y murió en 1981. Escribió novelas y libros de cuentos. Algunos de ellos son: *El atrevido joven en el trapecio volador, Mi nombre es Aram, El problema con los tigres.*

---

[6] William Saroyan. *Treinta años después: El atrevido joven en el trapecio volador.* New York, Harcourt, Brace & World Inc., 1964.

Un contador de cuentos

▲

Francisco Tovar es un narrador tradicional de Venezuela que acompaña su narración con ademanes de todo su cuerpo.

BIBLIOGRAFÍA

• **Quienes quieran adentrarse en la historia del cuento pueden leer:**
La historia de la literatura mundial. Capítulo Universal. El cuento: de los orígenes a la actualidad. Buenos Aires, Centro Editor de América Latina, 1968, fascículo N.° 3.

• **Para quienes estén interesados en conocer la vida de los escritores de cuentos recomendamos:**
Giardinelli, Mempo (compilador). *Así se escribe un cuento.* Buenos Aires, Beas Ediciones, 1920. (Conversaciones con importantes cuentistas como Juan José Saer, Juan Filloy, Enrique Anderson Imbert, Antonio Skármeta y otros).

• **Para disfrutar de cuentos tradicionales, existen infinidad de antologías:**
Rivera, Jorge. *El cuento popular.* Buenos Aires, Centro Editor de América Latina, 1997.
Vidal de Battini, Berta. *Cuentos y leyendas populares de la Argentina.* Buenos Aires, Ediciones Culturales Argentinas, 1983.

• **Para seguir leyendo en esta colección, recomendamos:**
Alí Babá y los cuarenta ladrones y *Simbad, el marino*, dos de los relatos más famosos de *Las mil y una noches.*

Cuentos Clasificados 1 y *Cuentos Clasificados 2*, un buen acercamiento a los escritores de cuentos contemporáneos.

Cuentos sobre rieles, cuatro relatos cuyo eje temático es el tren.

Mitos Clasificados 1, una atractiva introducción a la mitología griega.

Si los atrae el suspenso, pueden optar por *El relato policial inglés, Elemental, Watson* o *Cuentos Clasificados X*, que presenta detectives de lo sobrenatural.

El motivo del pacto con el diablo lo recrean R. L. Stevenson en *El demonio en la botella* y R. Güiraldes en "El herrero y el diablo" (en *Cuénteme, Don Segundo*).

ÍNDICE

Literatura para una nueva escuela

Títulos publicados